KB050593

광해록

광해록 10

초판 1쇄 인쇄일 2015년 7월 20일 ㅣ **초판 1쇄 발행일** 2015년 7월 22일

지은이 조 휘 ㅣ **펴낸이** 곽중열 ㅣ **담당편집 팀장** 이범수
편집부 신연제 이윤아 김호성 김은경

펴낸곳 (주)조은세상 ㅣ 출판등록 제 2002-23호
주소 경기도 연천군 미산면 청정로 1355
TEL 편집부 02)587-2966 ㅣ FAX 02)587-2922
e-mail bukdu@comics21c.co.kr

ⓒ조 휘 2014
ISBN 979-11-5832-184-0 ㅣ ISBN 979-11-5512-853-4(set) ㅣ 값 8,000원

NEO ALTERNATIVE HISTORY FICTION

조휘 대체 역사 장편소설 ⑩

CONTENTS

NEO ALTERNATIVE HISTORY FICTION

광해록

1장. 파도 너머에

1장. 파도 너머에

6월 초순의 바다는 눈이 부시도록 찬연하게 빛났다. 작열하는 정오의 태양은 담청색바다에 황금색의 물비늘을 만들었다.

용틀임하듯 꿈틀대는 파도는 이내 인간의 통제를 벗어났다. 수십, 수백 개의 너울이 끊임없이 해안으로 돌진했다. 작은 너울은 전장의 병졸처럼 앞으로 진격했다. 그리고 큰 너울은 전장의 대장군처럼 작은 너울을 앞으로 계속 몰아갔다.

큰 너울 위에 올라탄 육중한 동체가 끼이익하는 소음을 내었다. 못을 사용하지 않은 한선(韓船)은 구조가 아주 튼튼했다. 그래서 강한 태풍이 아니면 좌초를 걱정할 필요가 없었다.

좌아악!

햇볕을 등진 육중한 동체가 파도를 가르며 모습을 드러냈다.

물고기의 배를 닮은 유선형의 몸통.

거북이 등딱지처럼 목갑(木甲)을 씌워놓은 뱃전.

북쪽을 노려보는 용머리는 쉼 없이 노란색 연기를 뿜어냈다.

귀선(龜船), 즉 거북선의 등장이었다.

파도를 타넘은 거북선은 곧장 왜군 선봉으로 돌격했다.

이번 해전에 동원한 조선군의 거북선은 모두 열 척이었다. 그러나 소속은 각자 달랐다. 네 척은 통제영, 여섯 척은 전라수영과 경상수영 소속이었다. 열 척의 거북선은 북쪽으로 용머리를 겨눴다. 그리곤 서로 300미터이상 거리를 벌렸다.

함포로 사용하는 대룡포의 사거리를 생각하면 더 벌리는게 좋았다. 대룡포는 유효사거리는 500미터를 상회했다. 그러나 간격을 더 벌리면 거북선 간의 거리가 너무 벌어져 서로 호응하기 힘들었다. 최악의 경우 각개격파 당할 위험이 존재했다. 적진 한가운데 떨어져 싸우는 게 거북선의 숙명이라지만 호응할 아군이 없는 것은 있는 것과 천지차이다.

그러나 여전히 200미터가 모자랐다.

유효사거리가 500미터인데 거북선 간 거리가 300미터라면 아군이 발사한 대룡포의 신용란에 아군이 당한다는 의미였다. 오인 포격으로 전장을 이탈하면 실수한 아군이나, 거기에 맞아 전장을 이탈하는 아군이나 서로 좋을 게 없었다.

모자란 200미터를 채우는 방법은 하나였다.

위도상의 위치를 다르게 하는 것이다.

맨 앞에 한 척, 그리고 그 뒤에 피라미드를 쌓듯 두 척을 배치했다. 그렇게 하면 2열을 구성한 두 척의 거리는 600미터가 넘었다. 600미터면 안전한 거리였다. 2열 뒤에는 다시 세 척을 배치해 3열을 만들었다. 그리고 3열 뒤에는 네 척을 배치해 4열을 완성했다. 완벽한 피라미드 형태였다.

각 거북선 간의 거리는 300미터지만 위치가 달라짐에 따라 같은 위도에 있는 거북선과의 거리는 600미터를 상회했다.

맨 앞, 그러니까 꼭짓점 위치에 있는 거북선 용머리에는 깃발이 휘날렸다. 흰색 바탕에 검은색 거북선을 그려놓은 깃발이었는데 이는 거북선함대, 즉 돌격함대의 기함을 의미했다.

돌격함대 기함이 용감히 돌격하니 다른 거북선은 따르지 않을 도리가 없었다. 간격을 일정하게 유지하며 돌격한 함대는 왜군의 선봉함대를 향해 빠른 속도로 노를 저어 나아갔다.

조선 수군의 전략, 전술은 당연히 통제사 이순신의 손을 거쳤다.

전략은 전술보다 큰 개념으로 전쟁 자체를 의미했다.

전쟁 준비, 전장에서의 병력 운용, 심지어는 외교상의 문제를 처리하는 일이나, 전후 처리문제 등이 모두 전략이었다.

전술은 전략보다 작은 개념으로 전투방식을 의미했다.

말 그대로 어떻게 싸울지에 대한 말이었다.

이순신이 만든 조선 수군의 전술은 크게 보면 몇 가지로 압축이 가능했다. 적과 싸우기 전에 미리 준비에 만전을 기한다. 그리고 전투가 일어나면 적함과의 거리를 일정히 유지하다가 함포로 공격해 적함이 달라붙지 못하게 강제한다.

그 안에는 함포 성능을 최대로 이끌어내는 진형, 이를테면 학익진과 같은 진형을 포함해, 전장의 지형을 왜국 수군보다 훨씬 잘 아는 점을 이용하는 전술 등이 모두 있었다.

그리고 그 중에는 장수의 솔선수범이 있었다.

이순신은 항상 최전선에 있으며 함대를 직접 지휘했다.

이는 함대에 두 가지 효과를 불러왔다.

하나는 병사의 사기 진작이었다.

그리고 다른 하나는 전황 상황에 따른 빠른 대응이었다.

지체 높은 장수가 솔선수범한다면 휘하에 있는 병사들은 힘을 내는 게 당연했다. 또, 장수가 최전선에 있다는 말은 전장의 상황을 누구보다 빨리 파악가능하다는 말이었다. 후방에 위치해 지시를 내리면 시간이 걸리지만 최전선에 있으며 지시를 내리면 바로 함대를 움직일 수 있었다. 1분 1초가 아까운 전장에서는 유리한 점으로 작용할 여지가 있었다.

그 전술에 지금까지 설명한 장점만 존재한다면 모든 지휘관이 최전선에 올라가 싸웠을 것이다. 그러나 그렇지는 않았다. 오히려 그런 지휘관이 적었다. 현대 전쟁에선 아예 자취를 감췄다. 이는 전술에 치명적인 약점이 있다는 말이었다.

치명적인 약점 중 하나는 단연 지휘관을 노리는 적 저격수의 존재였다. 계급의 세분화, 임무의 다각화에 성공한 현대 군대도 지휘관이 저격당하면 혼란이 일어나기 마련이었다.

더욱이 그게 16세기 말이라면 더한 상황이 충분히 펼쳐질 가능성이 있어 일군의 장수가 전설이나, 야사에 나오는 민담처럼 적군 장수와 겨뤄 승패를 가리는 일은 일어나지 않았다.

어쩌면 이순신장군 자체가 이 전술의 약점을 보여준 사례였다.

정유재란 막바지, 경상도 남동해안에 갇힌 왜군은 도요토미 히데요시의 급사를 듣는 순간, 바로 철수준비에 들어갔다. 이순신장군이 지휘하는 조선 수군은 당연히 이를 저지하기 위해 적을 추격하였는데 그 전투가 바로 노량해전이었다.

이순신장군은 언제나처럼 최전선에 올라가 철수하는 적 함대를 공격했으나 이번에는 운이 별로 좋지 못했다. 적의 조총병이 쏜 탄환이 이순신장군을 맞혀 장군이 전사한 것이다.

너무나 극적인 전사인지라, 설왕설래가 많았다. 그럴 수밖에 없는 게 국난극복의 일등공신이며 후대에 성웅이라는 호칭을 받을 만큼 뛰어난 영웅이 마지막 전투에서 전사한 것이다.

후대 사람들은 장군의 안타까운 죽음을 믿을 수 없었는지 전사의 원인에 대해 여러 가지 설을 내놓았다. 선조의 의심을 피하기 위해 일부러 갑옷을 벗었다는 설부터 전사 자체가 꾸며진 것이며 이순신장군은 어딘가에 살아있을 거라는 설 등이었다. 그러나 이는 모두 억측이었다. 조총 탄환이 가지는 에너지는 화살이 가진 운동에너지와 차원이 달라 설령 두꺼운 갑옷을 입었다한들 완벽히 피하기가 어려웠다.

소총이 본격적으로 두각을 드러낸 후부턴 전장에 갑옷

이 사라진 사실이 이를 뒷받침하였다. 갑옷이 탄환을 막아주지 못하는데 무거운 갑옷을 입을 필요가 애초에 없었던 것이다.

당연히 생존설 역시 억측이었다.

이처럼 장수가 최전선에 나와 지휘하는 데는 단점이 장점보다 크게 작용해 장수는 점차 후방에 머물며 지휘하는 쪽으로 바뀌었다. 전처럼 장수가 앞에 나와 싸우는 경우는 없었다.

그러나 이때의 조선 수군은 여전히 이순신장군의 전술에 의지하는 바가 큰지라, 돌격함대 기함이 가장 먼저 돌격했다.

그런 기함을 9척의 거북선이 어린진(魚鱗陳)을 구성해 쫓았다. 어린진은 물고기비늘을 닮은 진법으로 돌격에 유리했다.

돌격함대 기함 함장은 이완(李莞)이었다. 그는 이순신의 조카였는데 부친 이희신(李羲臣)을 일찍 여의는 바람에 숙부의 부양을 받았다. 그래서 두 사람의 관계는 단순한 숙부와 조카사이라기보다는 아버지와 아들의 관계에 더 가까웠다.

이완은 무과를 급제하진 않았지만 전란이 일어난 직후 바로 이순신장군 막하에 들어가 지근거리에서 숙부를 보좌했다.

그런 관계로 노량해전을 지휘하던 이순신장군이 전사하던 순간에 임종을 지킨 이가 바로 이 이완이었다. 또, 이순신장군이 전사한 후에는 장군이 숨을 거두기 전에 한 유언에 따라 유고사실을 감춘 채 병력을 독려한 사람 역시 그였다.

이순신은 휘하에 있는 110척의 전선 중 가장 먼저 적진에 뛰어들어야하는 돌격함대 제독에 조카 이완을 앉혔다. 조카를 편애해서가 아니라, 가장 위험한 임무에 자신의 조카를 투입함으로써 부하들의 사기를 진작시키려는 의도가 강했다.

숙부의 마음을 누구보다 잘 아는 이완은 그 명을 순순히 따랐다. 나라를 사랑하는 마음은 그 역시 숙부에 못지않았다.

조선의 강토를 유린한 왜놈을 없앨 수만 있다면 온 몸이 갈기갈기 찢어져 물고기 밥으로 변한다한들 아까울 게 없었다.

2층 선수로 걸어간 이완은 열린 창문을 통해 밖을 살펴보았다.

거북선은 적의 조총이나, 화살공격을 피하기 위해 뱃전을 폐쇄한 구조였다. 왜군이 좋아하는 백병전을 하려면 가까이 접근해 노를 젓지 못하게 압박한 다음, 뱃전에 올라타야 하는데 거북선 뱃전에는 쇠못이 박힌 지붕이 덮여있었다.

그 말은 거북선 안에 있는 조선군 역시 밖을 보기 어렵다는 말이었다. 그래서 용머리 밑과 선미, 그리고 양 현 중간에 개폐가 가능한 창문을 설치해 그곳으로 사방을 감시하였다.

용머리 창문을 연 이완은 눈살을 찌푸렸다.

용머리가 뿜어내는 흰 연기가 시야를 가려 제대로 보기 어려웠다. 이완은 손으로 연기를 저어보았으나 잠시 흩어졌다가 다시 모여들었다. 시야는 극히 좁아 1미터를 넘지 않았다.

스스로 시야를 제한하는 것은 바보 같은 행위였다.

더구나 그게 전장이라면 더 바보 같은 짓이었다.

마치 먹잇감을 찾아 나선 독수리가 두 눈을 감는 행동과 다름없었다. 그러나 한편으로는 그들의 목적과 가려는 방향만 확실하다면 큰 문제가 아니었다. 오히려 도움을 주었다.

연기는 돌격함대의 시야를 가림과 동시에 돌격함대의 위치를 가려주는 효과가 있었다. 왜군은 연기로 인해 돌격함대가 어디에 있는지 제대로 파악하지 못했다. 거북선을 막아낼 수 있는 방법은 선체로 부딪쳐 멈추는 방법 밖에 없었다.

그렇게 하면 그 배는 당연히 침몰하겠지만 거북선 역시

잔해로 인해 깊숙이 파고드는 일이 불가능했다. 한데 연기에 가려 거북선이 지금 어느 위치에, 어느 방향에 있는지 알지 못했다. 거북선을 멈출 유일한 수단이 사라져버린 것이다.

이완은 연기 속을 노려보며 시간을 계산했다.

너울지며 북쪽으로 올라가는 파도와 노를 젓는 속도, 그리고 연기가 해역을 가리기 전에 보았던 적 함대와의 거리와 왜군 전선의 속도 등을 감안해 충돌할 시간을 계산해보았다.

"지금이다!"

고함을 지른 이완은 나무창문을 내리며 옆으로 허리를 숙였다.

콰아아앙!

귀청을 찢는 소음에, 바위와 충돌한 듯한 충격이 선체를 관통했다. 나무판자가 뒤틀리며 나는 소리가 선수를 지나 선미로 길게 이어졌다. 비틀거리며 일어난 이완은 일어나 주위를 둘러보았다. 부서진 선체 틈으로 바닷물이 새어 들어왔다.

"물이 새는 곳을 막아라! 어서!"

나이든 수군 몇이 판자를 가져와 구멍을 재빨리 메웠다.

그들의 행동은 군더더기를 찾아보기 힘들 만큼 일사불란했다.

그들은 초심자가 아니었다.

아버지, 혹은 할아버지의 뒤를 이어 수군에 입대한 전문 가였다. 조상들이 전해준 지식에 자신들의 경험을 더해 한 사람, 한 사람이 살아있는 백과사전과 다름없는 병사들이 었다.

선체 안으로 들어오던 물줄기가 빠르게 줄어들었다.

이완은 수리를 맡은 준사관에게 물었다.

"배의 상태는 어떤가?"

"이런 상태라면 몇 백리를 달려도 문제없을 겁니다."

"잘했다!"

소리친 이완은 2층에 있는 포술장(砲術長)에게 고함을 질렀다.

"함포를 준비해라! 곧 포격을 시작한다!"

"예!"

대답한 포반장은 닫아두었던 포안(砲眼)을 모두 열었다.

흔들리는 등잔불이 전부이던 뱃전에 갑자기 밝은 햇살 이 쏟아져 들어왔다. 거북선에는 한쪽 현에 10개씩, 총 20 개의 포안이 있었다. 포안은 말 그대로 포를 쏘는 구멍이 었다.

드르륵!

2톤이 넘는 육중한 대룡포가 햇살이 비스듬히 쏟아져 들어오는 포안으로 굴러갔다. 해군 대룡포의 바퀴는 기차와 닮아있었다. 기차가 레일이 있는 덕분에 정해진 궤도를 이탈하지 않듯 해군 대룡포 역시 레일을 따라 포안으로 이동했다.

방법은 간단했다.

먼저 포안 방향과 90도 각도로 침목을 깔았다.

침목을 깔지 않으면 레일 위를 반복적으로 움직이는 대룡포의 하중으로 인해 2층 선체 바닥이 붕괴할 위험이 있었다.

침목을 깔았으면 이번에는 그 위에 포안과 같은 방향으로 철(凸)자 모양의 레일을 깔았다. 육군 역시 도로가 없는 장소에 대룡포를 옮길 때 철(凸)자 모양의 레일을 깔지만 육군이 사용하는 레일은 다른 장소로 옮기기 위한 용도인 반면, 수군이 사용하는 용도는 고정과 이동 두 가지 모두였다.

배 안에 있는 무기와 가구는 갖가지 이유로 흔들리기 마련이었다. 파도, 조류, 태풍, 해풍 등 수없이 많은 이유로 흔들렸다. 오히려 정지해있는 경우가 훨씬 적었다. 그래서 선원에겐 일찍부터 배 안의 물건을 고정해두는 버릇이 있었다.

태풍이 불어올 때 물건을 고정해두지 않으면 부서질 위험이 컸다. 심지어 물건이 사람에게 부상을 입힐 위험마저 있었다.

2톤이 넘는 대룡포의 포차가 태풍이나, 급격한 변침(變針)에 의해 자리를 이탈한다면 그건 일종의 재앙이나 다름없었다.

그래서 레일을 깔아 대룡포를 바닥에 고정했다.

그렇다고 대룡포가 한 자리에 계속 있을 수는 없었다. 사용하지 않을 때는 안으로 옮겨둬야 녹이 슬지 않았다. 아무리 잘 관리해줘도 소금이 든 바닷물 앞에선 장사가 없었다.

그래서 대룡포를 안에 보관했다가 공격할 때는 포안으로 이동시킬 수 있는 도구가 필요했는데 그게 바로 레일이었다.

레일은 이동과 고정, 두 가지를 모두 가능하게 해주었다.

수군이 사용하는 레일은 육군이 사용하는 레일보다 훨씬 넓었다. 바퀴가 지면, 혹은 레일과 닿는 면적이 클수록 접지력(接地力)이 커진다. 빠른 속도를 추구하는 F1 차량의 타이어가 상용차보다 훨씬 넓은 것 역시 그와 같은 이유였다.

수군 포병은 선체 바닥에 설치한 레일에 대룡포의 바퀴를 올렸다. 대룡포의 바퀴는 요(凹)자를 거꾸로 돌린 듯한 형태로, 바퀴의 요(凹)와 레일의 철(凸)이 만나 서로를 고정해주는 방식이었다. 대룡포의 형태는 육군 대룡포와 흡사했다.

그러나 완벽히 같지는 않았다.

육군이 사용하는 대룡포는 바퀴살 중앙이 사람의 허리에 위치했다. 나무와 바위, 시내 등 장애물을 수없이 넘어야하는 육군 대룡포는 이를 위해 높이가 사람의 신장에 가까웠다. 반대로 바퀴의 중심축이 낮을 경우, 당연히 차체역시 같이 낮아져 앞에 있는 장애물을 넘는데 힘든 점이생겼다.

그러나 수군 대룡포는 장애물을 넘을 필요가 없었다. 이곳저곳 옮겨 다닐 필요 없이 자리가 정해지면 그 곳에 머물렀다.

대룡포가 자기 자리를 이탈하는 경우는 두 가지 경우 밖에 없었다. 하나는 전선이 침몰했을 때이며 다른 하나는고장 나 수리가 필요할 경우였다. 그 외엔 움직일 일이 없었다.

그런 관계로 수군이 사용하는 대룡포는 바퀴가 높지 않았다.

그 대신, 바퀴가 육군이 사용하는 바퀴보다 훨씬 두꺼워광폭타이어처럼 보였다. 바퀴의 높이가 높지 않으니 당연히 포의 무게중심은 밑으로 내려올 수밖에 없어 안정감이생겼다.

여인을 안듯 기둥을 안아 균형을 잡은 포술장이 고함을질렀다.

"모두 집중해라! 각 포대는 지금부터 포격 준비에 들어
간다!"

포안으로 포차를 옮긴 포병은 레일 끝에 굄목을 올렸다.
대룡포가 반동으로 튀어나오는 것을 방지하기 위해서였
다. 육군 포병은 거치대에 쇠말뚝을 박아 대룡포를 고정하
지만 수군은 그럴 수 없어 굄목과 밧줄 등을 이용해 반동
을 제어했다.

포신 중간에 감아둔 밧줄을 선체 벽에 설치한 도르래와
연결한 포병은 잠시 자리에 대기했다. 잠시 후, 선미에 있
는 창고 문이 열리며 신용란을 실은 탄약차가 모습을 드러
냈다.

탄약차 역시 대룡포를 실은 포차처럼, 용골방향으로 나
있는 레일을 따라 포대로 이동하며 실어둔 신용란을 나눠
주었다.

대룡포를 실은 포차는 포안을 향해 나있는 레일 위를 지
나는 반면, 탄약차는 그와 직각을 이루는 레일 위를 이동
했다.

팔꿈치를 몸 안으로 굽혀 그 위에 신용란을 얹은 탄약수
가 몸을 돌리는 순간, 대기하던 약실수가 금고의 손잡이처럼
생긴 약실폐쇄장치를 돌려 약실을 개방했다. 약실이 시커먼
속을 드러내기 무섭게 장전수는 탄약수가 가져온 신용란을
받아 뾰족한 부분이 앞으로 가도록 조심스레 장전했다.

신용란 뒤에 충격에 민감한 뇌관이 있어 조심해야했다.

장전을 마친 장전수가 물러나는 순간, 다시 약실수가 손잡이를 이번에는 반대로 돌려 약실을 폐쇄했다. 약실을 제대로 폐쇄하지 않으면 가스가 새어나와 불발 가능성이 있었다. 물론, 포병 역시 다칠 위험이 있어 항상 점검해줘야 했다.

약실이 제대로 닫혔는지 확인한 포반장이 뒤로 물러섰다. 거북선의 함포는 따로 조준할 필요가 없었다. 돌격함대의 특성상 가까운 곳에 적의 함대가 있을 가능성이 높아 전차포를 쏘듯 방향만 제대로 맞춘다면 명중할 확률이 높았다.

포격준비를 마친 포반장은 포 옆으로 돌아 나와 약실과 이어진 격발장치로 손을 뻗었다. 격발장치는 1미터 길이의 밧줄에 작은 나무 공을 달아놓은 형태였는데 공을 잡아당기면 공이를 막아주던 벽이 사라지는 방식으로 격발이 이뤄졌다.

벽이 사라지면 날카로운 공이가 약실로 튀어나와 신용란 끝에 있는 뇌관 가운데를 때렸다. 그러면 뇌관이 터지며 포탄 안에 든 장약용 화약에 불이 붙어 가스를 생성했다. 그리고 그 가스는 포탄 앞에 있는 탄두를 밖으로 날려보냈다.

포구를 떠난 탄두는 두 가지 운명 중 하나를 택해야했

다. 하나는 중력이 탄두가 가진 에너지를 모두 소비하기를 기다렸다가 덮치는 운명이었다. 그런 탄두는 멀리 날아가기는 하지만 결국 바다 속으로 떨어지는 운명을 피하지 못했다.

이는 태어난 목적을 이루지 못했으니 실패한 삶이었다.

두 번째 운명은 포탄이 태어난 목적을 완벽히 수행하는 경우였다. 바로 적함에 정확히 명중하는 경우인 것이다. 탄두가 적함의 선체에 충돌하는 순간, 탄두 앞에 위치한 신관이 작동하며 폭발해 사람과 선체 양쪽에 엄청난 피해를 입혔다.

2층에 자리한 포반이 대룡포를 준비하는 사이.

이완은 3층, 정확히 말하면 2.5층에 해당하지만 어쨌든 위에 있는 용머리 방향에 연기 대신, 함포를 준비하라 일렀다.

용머리에 있던 수군은 지금까지 사용하던 굴뚝을 뽑았다. 민가의 굴뚝과 다른 점이라면 민가의 굴뚝은 하늘을 향해 있는 반면, 용머리 굴뚝은 앞으로 누워있다는 점이 달랐다.

용머리의 수군은 굴뚝 안에 짙은 연기가 나게 만든 물질을 넣었다. 이혼이 흑색화약을 섞은 송진에 몇 가지 재료를 더해 혼합한 물질이었다. 그리곤 물질에 불을 붙여 굴뚝 끝이 용머리 바깥으로 가게 만들었다. 마지막에는 풀무로 굴뚝에 바람을 집어넣어 연기가 더 많이 퍼지도록 만들었다.

그 결과 훌륭한 연막탄이 만들어졌다.

물질이 다 타면 증기기관으로 움직이는 기차의 기관사들이 삽으로 화로에 석탄을 넣었던 거처럼 새 물질을 집어넣었다.

연기는 삽시간에 돌격함대 기함을 적의 시야에서 사라지게 만들었다. 유독가스를 뿜는, 이를 테면 유황 같은 것을 태우는 방법 역시 있었지만 곧 당도할 본 함대에 피해를 줄 위험이 있어 선택하지 않았다. 지금은 연막으로 충분했다.

굴뚝을 빼낸 수군이 뒤로 빠지기 무섭게 포병이 작은 화포를 가져와 다시 배치했다. 대룡포를 2분의 1로 줄인 듯한 화포로 이름은 아룡포(兒龍砲)였다. 아룡포는 크기만 줄었을 뿐, 형태와 구조는 모두 대룡포와 같았다. 포탄 역시 신용란을 반으로 줄인 특수탄을 이용했는데 위력이 괜찮았다.

아룡포는 조선 수군이 현재 사용하는 판옥선과 거북선 선수에 장착하기 위해 만든 부 무장이었다. 그리고 나대용과 이설이 현재 건조 중에 있는 새 범선에도 탑재할 예정이었다.

21세기 전함에 장착하는 함포처럼 포탑이 돌아가며

360도 전체를 공격할 수 있다면 좋겠지만 지금은 그럴 수가 없었다.

그런 이유로 바다와 접한 면적이 가장 넓은 좌우 양현에 함포를 탑재하는 게 가장 좋았다. 그러나 배는 옆으로 가는 게 아니라, 앞으로 움직였다. 양 옆에 있는 적선엔 포격이 가능하지만 앞에 있는 적선을 공격할 방도는 딱히 없었다.

선수나, 선미에 함포를 배치하자니 공간이 그렇게 넓지 않았다. 공간이 좁아 대룡포를 탑재할 수 없다면 반대로 함포의 크기를 줄이는 방법이 있었다. 그래서 아룡포가 탄생했다.

용머리 쪽 수군은 아룡포의 포구를 용머리 바깥으로 밀었다.

"용머리도 준비를 마쳤습니다."

부관의 보고에 이완은 고개를 끄덕이며 선수에 있는 창문을 열었다. 왜군이 쏘는 조총의 총성이 수면을 어지럽게 갈랐다.

선체에 등을 기댄 이완은 고개를 창문 밖으로 내밀어 살폈다.

연막은 어느새 걷혔는지 해역의 모습이 점점 드러났다. 왜군 전선 서너 척이 그들을 향해 다가오는 중이었다. 선체의 크기로 봐선 세키부네였다. 이완의 시선이 밑으로 내려갔다.

"으음."

왼쪽 조금 앞에 침몰 중인 세키부네 한 척의 모습이 보였다.

방금 전 충돌한 적선이 분명했다.

거북선은 선체에 구멍이 나는 것으로 피해가 끝났지만 부딪친 세키부네는 선수부터 터져나가 완전 박살나버린 상태였다.

다만, 세키부네의 잔해가 기함의 진로를 막아버린 게 문제였다.

이완은 급히 왼팔을 흔들며 소리쳤다.

"왼쪽으로 선회해라!"

뒤에 있던 부관은 그 즉시, 1층에 있는 격군장에게 소리쳤다.

"왼쪽으로 선회!"

천장에 달린 문으로 지시를 들은 격군장이 돌아서며 소리쳤다.

"왼쪽으로 선회한다!"

대기하던 격군은 왼쪽으로 달려가 노를 젓기 시작했다. 멈춰 있던 기함이 왼쪽으로 돌기 시작했다. 선수의 창문으로 지켜보던 이완은 다시 오른팔을 흔들어 오른쪽 선회를 명했다. 왼쪽 노를 내려놓은 격군은 오른쪽으로 달려가 오른쪽 노를 젓기 시작했다. 그런 식으로 기함은 잔해를 돌파했다.

이완은 고개를 돌리며 창문과 거리를 벌렸다.

탕탕탕!

조총의 총성이 콩 볶듯 이어지며 기함 선수에 구멍을 뚫었다.

전방을 살펴보는 일이 불가능할 지경이었다.

그나마 다행인 점은 선수의 선체가 아주 두꺼워 한 지점을 다섯 번 이상 맞추지 않는 이상에는 뚫리지 않는다는 거였다. 그리고 왜군 조총수 중엔 그런 실력을 가진 자가 없었다.

이완은 유탄에 주의하며 다시 전방을 살폈다.

다섯 척의 세키부네가 배를 옆으로 돌려 기함의 진로를 막았다.

선체로 바다에 성벽을 쌓는 중이었다.

이완은 바로 명을 내렸다.

"오른쪽으로 선회해라!"

얼마 후, 북쪽으로 올라가던 기함이 오른쪽으로 선회하였다.

선수가 정확히 동쪽을 가리키는 순간.

세키부네 다섯 척과 돌격함대 기함은 수평을 유지했다.

이완은 다시 명을 내렸다.

"그 상태로 전진한다!"

"옛!"

대답한 부관은 1층에 있는 격군장에게 이완의 지시를 전했다.

오른쪽에 붙어 있던 격군이 좌우 양쪽으로 흩어져 동시에 노를 저었다. 뱃머리를 동쪽으로 향한 기함이 속도를 높였다. 출발하기 전에 식사를 배불리 하여 체력을 비축해둔 터라, 무거운 노를 젓는 격군들의 체력은 쌩쌩한 편이었다.

첫 번째 세키부네의 선미가 왼쪽 11시 방향에 보이는 순간.

이완은 고개를 돌려 직접 포술장에게 명을 내렸다.

"내가 신호하면 좌현 1번포, 2번포 발사해라!"

"예!"

포술장의 목소리가 시끄러운 뱃전을 지나 다시 되돌아왔다.

고개를 다시 창문으로 돌린 이완은 주먹을 쥐어 올려보였다.

그리곤 때를 기다렸다. 조금씩 가까워지던 세키부네 선미가 어느 순간, 뒤로 처지기 시작했다. 이완은 들어 올린 주먹을 내리지 않았다. 지금은 아니었다. 조금 더 기다려야했다.

세키부네와 기함의 거리는 5, 60미터에 불과했다.

탕탕탕!

운 좋은 조총 탄환이 이완이 보던 창문 안으로 들어와 뱃전을 그대로 관통했다. 탄약차를 몰던 포병 하나가 허리를 세웠다가 그 탄환에 맞아 뒤로 넘어갔다. 그리고 포병이 놓친 신용란이 바닥으로 떨어졌다. 신관과 뇌관 양쪽에 안전장치가 있기는 하지만 잘못 떨어지면 폭발할 위험이 있었다.

병사들의 시선이 신관부터 떨어지는 신용란에 못 박혀 움직이지 않았다. 마치 느린 화면처럼 모든 게 천천히 돌아갔다.

신용란 앞에 있는 신관과 뒤에 있는 뇌관 모두 충격에 약했다. 뇌관은 탄두를 날리기 위해 장약에 불을 붙이는 장치였다. 장약이 만든 가스로 앞에 있는 탄두를 날리는 것이다.

그리고 신관은 탄두가 표적에 명중했을 때 탄두 안에 들어있는 작약을 터트리기 위해 집어넣는 장치였다. 신관은 목적에 따라 분류하는데 순발, 시한 등 여러 종류가 있었다.

순발은 당연히 표적에 충돌하는 순간 터지는 신관으로 신용란은 순발신관에 해당했다. 그리고 시한신관은 충돌한 후에 잠시 틈을 두었다가 폭발하는 신관이었다. 종류가 다른 만큼 상황에 맞는 신관을 골라 적재적소에 사용이 가능했다.

신관과 뇌관 둘 중 위험한 것은 당연히 신관이었다.

뇌관을 터트리려면 뇌관이 위치한 포탄 뒤를 공이나, 격침과 같은 날카로운 도구로 강하게 찔러야했다. 그러면 뇌관에 있는 뇌홍에 불이 붙어 장약이 폭발했다. 뇌홍은 충격에 아주 약해 초기에 뇌관이나, 신관의 재료로 자주 사용했다.

이혼은 뇌관의 안전을 확보하기 위해 신용란 뒤에 사발 모양의 홈을 파두었다. 그러면 신용란이 지상으로 떨어져도 뇌관이 있는 곳이 바닥과 닿지 않아 폭발할 위험이 없었다.

그러나 신용란 탄두에 위치한 신관은 그럴 방법을 쓸 수가 없었다. 신관은 탄두가 무언가와 부딪치면 바로 폭발하게 만들어야했다. 안전을 추구하다간 신관 본래의 의미를 잃어버리는 것이다. 그래서 신관이 있는 탄두방향으로 신용란이 바닥에 떨어지는 게 가장 위험했는데 지금이 그러했다.

그 모습을 본 기함 장병들의 반응은 세 가지로 나뉘었다.

대부분은 살기 위해 그 자리를 최대한 벗어나려 하였다. 그리고 첫 번째보단 적지만 그래도 많은 수의 장병들이 도망쳐봐야 소용없다는 것을 알았는지 망연자실한 얼굴로 서있었다.

세 번째 종류의 반응을 보인 사람은 극소수였다.

수가 너무 적어 한, 두 사람에 불과했다.

그리고 그 중 한 명에 탄약고를 관리하는 탄약반장이 있었다.

탄약반장은 미끄럼틀을 타듯 뱃전을 빠른 속도로 달려와 신용란이 바닥에 닿기 직전, 양팔로 감아 품에 안았다. 퍽하는 소리가 들리며 무거운 신용란이 탄약반장의 배를 때렸다.

그러나 그게 다였다.

신용란이 폭발하면 생기는 섬광과 화염, 뜨거운 열기가 없었다.

그저 배에 멍이 든 탄약반장 있을 뿐이었다.

탄약반장은 손에 쥔 신용란을 소중한 아기 다루듯 안고 있다가 탄약차에 올려놓았다. 3층으로 이루어진 탄약차는 포탄을 넣는 곳에 격벽을 따로 세워 서로 부딪치지 않게 하였다.

수십 명의 인명, 아니 기함 자체를 죽음의 구렁텅이에서 구해낸 탄약반장은 조총 탄환에 맞아 나가떨어진 부하를 살폈다.

다행히 부하는 곧 눈을 떴다.

방탄조끼 입은 앞가슴에 탄환이 박힌 것이다.

방탄조끼에 든 철판이 조총 탄환이 가진 에너지를 제거하느라 우그러지며 피가 흐르긴 했지만 죽을 상처는 아니었다.

그제야 장병은 안도의 한숨과 살아남았다는 사실에 환호성을 질렀다. 그리고 탄약반장의 기민한 처리에 박수를 보냈다.

그때, 이완의 날카로운 목소리가 뱃전을 관통했다.

"뭣들 하는 것이냐! 아직 전투 중이다!"

병사들은 얼른 자기 자리로 돌아갔다.

천장을 향하던 이완의 주먹이 밑으로 내려왔다.

그 모습을 본 포술장이 좌현에 있는 1번포와 2번포에 명했다.

"쏴라!"

1번포의 포반장과 2번포의 포반장이 거의 동시에 손에 쥔 공 모양의 격발장치를 당겼다. 그 즉시, 엄청난 포성과 함께 포격 반동으로 포차가 레일을 따라 뒤로 밀리기 시작했다.

다행히 포신에 감아놓은 밧줄과 포차 바퀴에 막아놓은 굄목이 반동을 모두 흡수한 덕분에 출렁거리는 선에서 멈췄다.

포술장은 얼른 좌현에 있는 총안(銃眼)을 열어 적선을 살폈다.

두 발 모두 명중이었다.

한 발은 세키부네의 함교에 들어가 폭발했는지 붉은 화염이 사방으로 혀를 날름거리는 중이었다. 그리고 다른 한

발은 신관이 작동하지 않았는지 폭발하지 않았다. 그러나 그거면 충분했다. 세키부네의 뱃전 바로 밑을 파고든 신용란이 엄청난 양의 바닷물을 세키부네 안에 집어넣는 중이었다.

신용란이 전에 사용하던 철환과 같은 효과를 낸 것이다.

배가 부서질 때 나는 끼익하는 소리가 들려왔다. 언제 들어도 소름끼치는 소리였다. 수군에게 그 소리는 장송곡이었다.

신용란 두 발을 얻어맞은 세키부네가 침몰하는 데는 시간이 걸리겠지만 저 배를 다시 소생시키는 것은 불가능해 보였다.

포술장은 바로 선수에 있는 이완에게 보고했다.

"포탄 두 발 모두 명중! 현재 적선은 침몰중입니다!"

"좋아!"

소리친 이완은 선체로 성벽을 쌓은 세키부네 다섯 척과 나란히 기동하며 좌현에 있는 열 개의 대룡포를 모두 발사했다.

적선 한 척 당 포탄 두 발.

그 중 일곱 발이 정확히 명중해 폭발했으며 두 발은 빗나갔다. 그리고 1번포가 쏜 포탄은 신관이 폭발하지 않았지만 명중에는 성공해 세키부네를 격침하는데 성공을 거두었다.

10여 분 사이에 세키부네 다섯 척 중 세 척이 화염에 휩싸여 빠른 속도로 침몰 중이었다. 그리고 두 척 중 한 척은 조타장치에 맞았는지 1자 진형을 이탈해 빙글빙글 돌았다.

살아남은 적선은 1척이었다.

그러나 그 1척으로는 돌격함대 기함을 막지 못했다.

왜군이 세키부네 다섯 척으로 만든 성벽을 돌파한 기함은 다시 속도를 높여 왜군 본 함대로 파고들었다. 이번에는 한쪽만 포를 발사할 필요가 없었다. 양쪽에 왜선이 가득했다.

"계속 쏴라!"

선수에 선 이완은 왜선과의 충돌을 피하며 연신 포격하라 명했다. 그리고 그럴 때마다 배가 가운데로 접힐 거처럼 번갈아 휘청하며 20여 발의 신용란을 적 함대에 쏟아부었다.

탄약병은 탄약고에 있는 신용란을 연신 각 포대에 전달했으며 포병은 그 신용란을 받아 장전과 발사를 빠르게 해치웠다.

1층에 있는 격군은 기함의 눈 역할을 하는 이완의 지시대로 선회와 돌격, 정지를 반복하며 왜군 함대의 숲을 관통했다.

얼마 지나지 않아 전장 사방에서 포성이 들려왔다.

돌격함대에 속한 나머지 거북선이 전장을 돌파하는 중이었다.

돌격함대의 목표는 왜군 함대의 궤멸이 아니었다.

그 임무는 본 함대의 몫이었다.

그들의 목적은 왜군 함대의 진형을 깨트리며 돌파해 본 함대가 무사히 포격 거리 안으로 들어오도록 만드는데 있었다.

그러나 왜선의 수는 1천척이 넘었다.

아타케부네와 세키부네, 그리고 고바야를 모두 합친 숫자여서 전선의 숫자는 그 보다 적겠지만 어쨌든 엄청난 규모였다.

왜군은 돌격함대를 막기 위해 사력을 다했다.

하늘이 시커메질 정도로 조총의 탄환과 화살 비를 퍼부었다.

다다다다!

마치 한 여름에 갑자기 쏟아진 폭우가 지붕을 두들기는 거 같은 소리가 밀폐상태에 가까운 거북선 선내에 울려 퍼졌다.

운이 좋은 조총 탄환 몇 발이 총안이나, 포안을 통해 선내를 갈랐다. 그때마다 병사들이 비명을 지르며 뒤로 쓰러졌다.

방탄조끼에 맞아 목숨을 건진 병사도 있었지만 그렇지

않은 병사들도 있었다. 배 안에 있는 선의(船醫)들이 부상병을 안전한 곳으로 옮겼다. 그들의 생사는 이제 운에 달렸다.

왜군 중 몇은 거북선의 지붕으로 뛰어들었다.

그러나 지붕에 박혀있는 쇠못으로 인해 성과를 거두지 못했다.

왜군이 자랑하는 백병전으로 가기에는 장애물이 너무 많았다.

그때, 총안으로 밖을 살피던 포술장이 소리쳤다.

"왜군이 자살공격을 감행해옵니다!"

그 말에 이완은 급히 포술장에게 달려가 총안에 눈을 대었다.

포술장의 말 대로였다.

불이 붙은 고바야 몇 척이 기함을 향해 접근해왔다.

작은 고바야가 해오는 충각전술이야 두려울 게 없었다. 가벼운 첨저선으로 무거운 평저선에 부딪쳐봐야 고바야만 박살날 뿐이었다. 그러나 그 고바야에 화약이 실렸다면 달랐다.

"쏴라! 절대 안으로 들어오게 해선 안 된다!"

함포가 미친 듯이 불을 뿜는 순간.

다섯 척의 고야바 중 네 척이 폭발해 불기둥이 하늘로 솟았다.

신용란이 만든 폭발이라기보다는 그 안에 실린 화약이 연폭해 생긴 듯한 엄청난 폭발이었다. 왜군 함대가 자살돌격을 감행하기 위해 고바야에 화약을 실어놓은 게 분명해졌다.

살아남은 한 척은 곧장 기함의 좌현으로 돌진해왔다.

그러나 대룡포를 쏘기에는 시간이 부족해보였다.

갑판장이 소리쳤다.

"총안으로 사격해라!"

그 말에 병사들은 총안을 열어 그 안에 용아를 거치했다. 그리곤 고바야를 향해 일제히 방아쇠를 당겼다. 그러나 고바야 양 옆으로 탄환이 만든 물줄기가 몇 개 솟을 뿐이었다.

그 순간, 고바야가 좌현에 당도했다.

이완이 포병과 격군을 향해 동시에 소리쳤다.

"우현으로 피해라! 그리고 각 부대는 충격과 화재에 대비해라!"

이완의 명에 병사들은 서둘러 우현으로 몸을 날렸다.

그때, 쾅하는 폭음과 함께 기함 좌현이 터져나갔다.

2장. 불의 바다

2장. 불의 바다

매캐한 내음을 맡은 이완은 정신이 번쩍 들었다.

속이 울렁거렸으며 귀에서는 계속 지잉하는 소리가 울렸다.

눈을 몇 번 깜빡여보았지만 창문에 붉은 비가 내리듯 온 세상이 붉게 보였다. 앞이 안보여 손으로 바닥을 짚어가며 움직이던 이완은 다른 사람의 팔을 잡고 힘을 주어 당겼다.

마치 무를 뽑은 듯 그가 당긴 팔이 힘없이 끌려왔다.

깜짝 놀란 이완은 소매로 눈을 닦았다.

그제야 시야가 조금 돌아왔다.

잔상처럼 흩어져있던 형체가 점차 하나로 모였다.

그가 무심결에 당긴 팔은 누군가의 잘려나간 팔이었다.

깜짝 놀라 팔을 내려놓은 이완은 팔다리를 먼저 살펴보았다.

사지는 멀쩡했다.

팔로 머리를 더듬던 이완은 철모가 사라졌다는 사실을 그제야 깨달았다. 그리고 머리가 깨졌는지 이마 밑으로 피가 흘러내려 시야를 가로막는 중임을 알았다. 그때, 누가 소리를 질렀다. 그러나 고막을 다쳤는지 지잉하는 소리만 들렸다.

근처 기둥을 지팡이삼아 비틀거리며 일어난 이완은 일어나 주위를 둘러보았다. 그에게 소리를 지른 사람은 부관이었다.

이완은 부관의 입모양을 보며 그가 무슨 말을 하는지 알아내려하였다. 그러나 쉽지 않았다. 그는 독순술(讀脣術)을 못했다. 지잉하는 소리는 고저를 반복하다가 갑자기 사라졌다.

신기한 일이었다.

부관의 말이 그제야 귀에 똑똑히 들어왔다.

"괜찮으십니까?"

"나, 나는 괜찮네. 자네는?"

"소관은 괜찮습니다."

이완은 고개를 돌려 좌현 쪽을 보았다.

좌현에 커다란 구멍이 뚫려 있었다.

화약이 든 고바야가 폭발하며 만든 구멍이었다.

까맣게 탄 선체와 붉은 화염, 그리고 연기가 좌현에 가득했다.

"상황은?"

이완의 질문에 부관이 목청을 높여 대답했다.

"포탄이 없어 연폭은 피했지만 불길이 강해 위험한 상황입니다."

고개를 끄덕인 이완은 먼저 화재를 진압하게 하였다.

비틀거리며 일어난 갑판병들이 젖은 모래를 뿌려 불을 껐다.

1층 격군실의 문을 연 이완은 안을 둘러보았다.

다행히 2층보단 피해가 적어 물이 조금 새는 중이었다.

"어떤가?"

이완의 물음에 복구에 정신없던 격군장이 대답했다.

"거의 다 막아갑니다!"

"고생했네! 바로 움직여야할지 모르니 격군을 준비시켜주게!"

"알겠습니다!"

문을 닫은 이완은 항해장(航海長)에게 물었다.

"항해가 가능하겠는가?"

"지금으로선 어렵습니다."

"하면?"

"우선 좌현에 뚫린 구멍부터 막아야합니다! 좌현으로 짐을 옮겨 버티곤 있지만 곧 기울어질 겁니다! 서두르셔야 합니다!"

갑판장의 말 대로였다.

좌현에 구멍이 뚫리며 좌현 2번포와 3번포, 그리고 7번 포와 8번포 등이 벽과 함께 날아가 버리는 바람에 좌우 양 현의 무게가 맞지 않았다. 좌현이 우현보다 훨씬 가벼워져 이대로 시간이 지날 경우, 좌현이 위로 붕 뜨는 바람에 우 현방향으로 가라앉을 공산이 높았다. 현대 군함이라면 밸 러스트에 바닷물을 채워 균형을 잡겠지만 지금은 무거운 짐을 좌현에 옮기는 방법으로 해결했는데 당연히 미봉책 이었다.

끼이익!

선체가 뒤틀리며 균형이 우현으로 기울기 시작했다.

병사들은 좌현으로 무거운 물건을 옮기는 한편, 구멍이 뚫린 선체에 널빤지와 못으로 임시 보수에 나섰다. 갑판장 의 지시 하에 병사들이 구멍으로 향하는 순간, 조총의 총 성이 배 안을 가르더니 갈고리가 달린 밧줄이 안으로 날아 들었다.

보수작업을 하려던 병사들이 쓰러졌다.

"으악!"

몇 명은 배 밖으로 떨어지며 비명을 질렀다.

모두가 당황해 멍하니 있는 사이.

선체에 뚫린 구멍을 통해 안으로 들어오던 오전의 따가운 햇살이 사라지며 갑자기 어둡게 변했다. 등잔불이 있기는 하지만 고바야가 폭발할 때 떨어져 효과를 기대하긴 어려웠다.

좌현으로 달려온 이완이 고함을 질렀다.

"용아를 구멍을 향해 쏴라!"

이완의 지시에 병사 몇 명이 반사적으로 등에 진 용아를 풀어 탄환을 장전했다. 그리곤 구멍을 향해 총구를 겨누었다.

그 순간, 구멍 안으로 왜군의 머리가 보였다.

탕탕!

용아의 총성이 울리는 순간, 피분수가 뿌려지며 왜군의 머리가 사라졌다. 그러나 용아를 쏜 병사들이 다시 장전하기 전에 이번에는 10여 명의 왜군이 기함 안으로 뛰어 들어왔다.

방금 전 기함 안이 갑자기 어두워진 것은 그 사이 좌현에 접근한 세키부네가 병력을 안으로 밀어 넣기 시작한 탓이었다.

이완은 우현으로 점점 기우는 선체를 보며 다급히 지시했다.

"적을 몰아내라!"

함성을 지른 수군은 용아를 쏘며 달려가 왜군을 공격했다. 왜군의 무장은 칼이나, 조총 등이 대부분이었다. 좁은 배 안에서는 육지처럼 장창을 쓰기 어려워 왜도가 훨씬 간편했다.

착검한 용아로 왜도를 빗겨내며 앞으로 찔러갔다.

푹!

용아에 가슴이 찔린 왜군이 칼을 떨어트리며 물러섰다.

비틀거리며 물러설 때마다 모래바닥에 핏방울이 꽃처럼 피었다.

불을 끄기 위해 갑판병이 부은 모래가 주위에 가득했다.

부상당한 왜군은 이내 햇빛 속으로 사라졌다.

자연의 이치대로라면 들어오는 구멍과 나가는 구멍이 서로 다르지만 그는 들어왔던 구멍을 통해 바다 속으로 떨어졌다.

탕탕!

용아의 총성이 울릴 때마다 왜군이 바닥에 쓰러졌다.

선내 전투는 함장이 아니라, 갑판장이 지휘하는 게 관례였다.

그리고 그게 더 효율적이었다.

갑판을 지키는 일보다는 배의 안위를 살피는 게 더 중요했다.

돌격함대 기함 갑판장은 작년에 손자를 본 노련한 수군이었다.

그는 수군의 나이든 병사가 으레 그렇듯 통제사 이순신과 같이 임진년의 여러 해전에 참가해 공을 세웠으며 돌격함대 기함의 갑판장으로 부임한지는 이제 6개월이 지난 시점이었다. 그 6개월 동안 갑판장은 갑판병을 매섭게 훈련시켰다.

기함 갑판병을 훈련시키는 교장에서는 매일 곡소리가 끊이지 않았는데 마침내 그 훈련의 성과가 드러나는 순간이었다.

사실 거북선의 갑판병은 백병전을 훈련할 이유가 없었다. 거북선은 거북이 등딱지처럼 단단한 지붕에 보호를 받아 갑판에 뛰어든 다는 것은 그야말로 죽음을 자초하는 행위였다.

그러나 훈련계획은 언제나 최악의 상황을 가정해 세우는 법이었다. 비록 훈련할 때는 곡소리가 날 만큼 힘들지만 나중에 지나고 나면 쓸데없는 훈련이란 없다는 생각이 들었다.

지금이 그러했다.

기함의 갑판병은 고바야가 폭발하며 생긴 구멍 안으로 쏟아져 들어온 왜군을 용아와 총검으로 위협해 다시 몰아냈다.

그 중 3센티미터 두께의 철 방패를 든 갑판장의 활약은 대단했다. 쉰이 넘은 사람이라곤 믿기지 않는 완력으로 왜군을 후려 팼다. 철 방패의 무게는 거의 30킬로그램에 육박했다.

아주 가까운 거리, 최소한 유효 사거리 안에서 왜군 조총병이 발사한 조총의 탄환을 완벽히 막아내기 위해 만든지라, 높이는 거의 1미터50센티미터, 너비는 50센티미터에 달했다.

1미터50센티미터는 지금 시대의 평균 신장보다 조금 낮은 높이로, 머리를 숙이면 방패 뒤에 몸을 숨기는 게 가능했다.

그 대신, 아주 무거웠다.

무게가 30킬로그램에 달해 방패는 말 그대로 방패였다. 마치 고정시킨 벽처럼 앞에 세워둔 채 그 뒤에 숨어 공격했다.

왜군이 사용하는 대나무방패에 힌트를 얻어 만들었는데 처음엔 육군에 보급했다. 육군은 왜군 조총병과 대면할 일이 많아 당연히 필요한 장비라 생각했다. 그러나 현장의 반응은 싸늘했다. 철모와 방탄조끼를 착용한 상태에서 방패마저 들면 단독군장이라곤 하지만 거의 50킬로그램에 육박했다.

50킬로그램을 짊어진 상태로 싸울 수 있는 병사는 거의 없었다.

이는 발목에 쇠공을 찬 사람이 수영하는 행동과 다름없었다.

퇴짜당한 방패는 군기시가 다시 회수해 녹일 계획이었다. 방패를 만드는데 적지 않은 쇠가 들어가 방치하느니 다시 녹여 다른 무기를 만드는 게 여러모로 이득이었던 것이다.

그때, 수군이 끼어들었다.

전선의 갑판이나, 지휘관이 위치하는 장대는 시야확보를 위해 사방이 훤히 뚫려 있기 마련이었다. 거북선처럼 스스로 시야를 제한하는 경우는 극히 드물었다. 더욱이 적보다 먼저 적을 발견하는 견시(見視)가 중요한 바다에선 두 말할 나위가 없었다. 육지에선 빠른 기동이 가능하지만 바다에선 기동에 많은 시간과 준비가 필요해 먼저 보지 못하면 꼼짝없이 당하는 경우가 많아 항상 견시병(見視兵)을 배치했다.

그렇다보니 갑판과 장대는 적에게 노출당하는 경우가 많아 이를 보호할 필요가 있었다. 수군은 그래서 방패를 원했다.

군기시는 육군이 퇴짜 놓은 철 방패를 수군에 보냈다.

처음에는 별로 기대하지 않았으나 수군은 철 방패를 대량으로 주문했다. 수군과 육군에는 여러 가지 차이점이 있지만 결정적인 차이는 각자 움직이는 주체가 다르다는 점이었다.

육군은 보병이 움직이지만 수군은 수군 병사가 움직이지 않는다. 엄밀히 말하면 전선이 움직이는 것이다. 그런 이유로 방패의 무게가 얼마든 수군은 걱정할 필요가 별로 없었다. 방패의 무게를 감당하는 것은 병사가 아니라, 전선이었다.

그러나 수군 역시 방패를 사용하는 데는 제한적일 수밖에 없었다. 방패가 무거워 성벽처럼 난간 위에 일렬로 세워놓거나, 아니면 지금처럼 왜군의 근거리 공격 방어에 사용했다.

한데 갑판장은 그 방패를 공격에 사용했다.

30킬로그램에 육박하는 방패를 칼처럼 휘둘러 공격해 오던 왜군 두 명을 동시에 후려쳤다. 이는 망치로 후려치는 것과 다름없어 왜군 두 명은 정신을 잃은 채 바다로 떨어졌다.

갑판장은 방패로 구멍을 막으며 부하들에게 소리쳤다.

"방패를 가져와 구멍을 막아라!"

그의 의도를 이해한 갑판병들은 방패를 가져와 구멍을 막았다. 두꺼운 방패 몇 개를 겹쳐놓으니 단단한 벽으로 변했다.

그 사이, 다른 병사들은 좌현과 우현의 균형을 맞추며 배를 살리려 애썼다. 한편, 선수에 돌아와 있던 이완은 갑판에 들어온 왜군을 섬멸했으며 좌현에 뚫려있던 구멍을 차단해 지금은 기함의 균형을 맞추는 중이라는 보고를 받았다.

"여기서 얼른 빠져나가야한다!"

이완은 기함을 움직여 왜군의 포위망을 돌파했다.

살아있는 대룡포를 전부 가동했다.

펑펑펑!

포성이 울릴 때마다 왜선의 뱃전에 불길이 치솟았다.

콰아앙!

가장 작은 고바야는 맞는 순간 바로 형체를 잃어버렸다.

화염과 섬광, 그리고 연기 뒤에 보이는 것은 부서진 널빤지와 사람의 몸에 달려 있을 게 분명한 팔다리 몇 개다였다.

두 번째로 큰 세키부네는 고바야처럼 바로 침몰하진 않았지만 곧 같은 운명을 겪었다. 선수, 아니면 선미 중 하나가 통째로 박살나 전선의 의미를 잃어버린 채 천천히 가라앉았다.

반면, 가장 큰 아타케부네는 제법 잘 버텼다.

아타케부네 역시 강도가 약한 삼나무를 이용해 건조했지만 배의 규모가 거대해 신용란 한 발로는 격침하기가 힘들었다.

아타케부네는 임진란에 보았던 것보다 확실히 커져있었다. 왜군의 수군 전술은 상대의 전선 옆에 바짝 붙어 노를 젓지 못하게 한 다음, 횃불을 던져 태우거나, 선체에 돌입해 배를 빼앗는 식이었다. 선체에 강제로 돌입하기 위해선 먼저 밧줄이 달린 갈고리를 던져 배 사이의 거리를 좁혀야 했다. 그리고 사다리를 난간에 걸쳐 넘어가야했는데 아타케부네가 판옥선보다 선체의 중심이 낮다보니 힘든 점이 많았다.

공성이 그렇듯 낮은 곳에서 위를 보며 진격하는 것은 힘든 점이 많았다. 중력의 도움을 전혀 받지 못하는 것이다. 왜군 수뇌부는 이를 해결하기 위해 아타케부네와 세키부네 크기를 늘렸다. 판옥선을 내려다보며 공격하기 위해서였다.

이완은 손을 뻗으며 소리쳤다.

"계속 쏴라!"

명을 받은 포술장은 장전을 마치는 대로 신용란을 쏘게 하였다.

선미에 신용란을 맞아 연기를 피워 올리던 거대한 아타케부네 한 척이 두 발의 신용란을 더 얻어맞은 후에는 제자리를 빙글빙글 돌다가 선미 방향부터 바다 속으로 가라앉았다.

선수를 감시하던 견시병이 비명을 지르듯 소리쳤다.

"세키부네 두 척이 선수로 접근 중! 속도를 줄이지 않습니다!"

그 말이 끝나기 무섭게 기함이 갑자기 멈췄다.

콰앙!

선수에 강한 충격을 받은 기함은 마침내 그 자리에 멈췄다.

근처에 있는 기둥을 끌어안아 넘어지는 불상사를 피한 이완은 바닥에 쓰러져있는 부하들을 지나 선수방향으로 달려갔다.

세키부네 두 척이 선수를 들이받아 물이 새는 중이었다.

"서둘러 수리해라!"

이완의 지시에 못과 널빤지를 든 갑판병들이 선수로 달려갔다.

기함의 선수를 들이받은 세키부네 두 척은 기함보다 훨씬 큰 피해를 입어 가라앉는 중이었지만 어쨌든 성공을 거두었다.

그들의 목적은 기함을 멈춰 세우는 데 있었다.

그때였다.

이번엔 선미를 감시하던 견시병이 돌아섰다.

"선미로 세키부네 한 척이 접근하는 중입니다! 자살공격입니다!"

"빌어먹을!"

몸을 돌린 이완은 선미로 달려갔다.

그가 기함을 반쯤 지나왔을 무렵.

쿠웅!

묵직한 충격과 함께 선미가 크게 흔들렸다.

선미에는 조타장치가 있었다.

선미에 도착한 이완은 거기 있는 조타병에게 물었다.

"어떠냐?"

조타병은 고개를 저었다.

"깨끗이 당했습니다!"

"수리는?"

"지금 당장은 어렵습니다!"

조타병의 대답에 쓴웃음을 지은 이완은 백병전을 준비하라 일렀다. 기함이 멈춘 이상, 이젠 빠져나갈 방도가 없었다.

왜군은 조총으로 사격을 가하는 한편, 기함을 통째로 태워버리기 위해 불화살을 쏘았다. 그러나 방수도료를 바른 거북선은 불이 쉽게 붙지 않아 결국 부순 선미를 통해 진입하는 방법 밖에 없었다. 기함 안에 거친 숨소리가 메아리쳤다.

＊＊

통제영 대장선에 있던 이순신은 품속에 손을 집어넣어 자개로 장식한 작은 상자를 꺼냈다. 붓통처럼 생긴 상자였다. 손가락으로 맞물려 있던 고리 두 개 중 위 쪽에 있는 고리를 미는 순간, 딸깍하는 소리가 들리며 상자가 위로 열렸다.

상자 안에는 솜을 넣은 붉은색 비단보자기가 들어있었다. 이순신은 보자기를 젖혀 안에 든 물건을 조심스레 꺼냈다.

망원경이었다.

이혼이 직접 만들어 이순신에게 하사한 하사품으로 망원경에 볼록렌즈를 세 개 사용하는 케플러방식의 망원경이었다.

볼록렌즈 두 개를 사용해 망원경을 제작하면 상이 접안렌즈에 거꾸로 맺혔다. 천체 관측에는 별 상관없지만 그렇지 않을 때는 애로사항이 많았는데 케플러가 이를 해결하기 위해 볼록렌즈를 하나 더 사용하는 케플러망원경을 고안했다.

케플러망원경은 17세기에 유행하니 이순신이 가진 케플러망원경은 역사보다 최소 수십 년 앞서있는 최첨단 제품이었다.

망원경으로 전방을 살펴보던 이순신은 고개를 끄덕였다.

열 척으로 이루어진 돌격함대가 왜군의 선봉을 박살내며 돌파해 적 함대가 구성한 어린진 진형을 크게 흔들어놓았다.

"지금이다! 전 함대 진격하라!"

이순신의 명이 떨어지는 순간.

50여 척의 판옥선이 일제히 속도를 높여 북쪽으로 진격했다.

판옥선이 만든 항적이 길게 이어졌다.

이순신의 명이 쉴 새 없이 이어졌다.

"좌군, 중군, 우군 순으로 진격하며 포격하라! 적선이 사거리에 들어오면 지체 없이 포격하여 놈들을 한 곳으로 몰아넣어라! 곧 경상수군과 전라수군이 뒤쪽에서 포위해 올 것이다!"

"예!"

이순신의 명을 받은 통제영 우후(虞侯) 이영남(李英男)은 휘하에 있는 좌군을 움직여 서쪽방향으로 빠르게 진격해갔다.

이영남의 좌군이 자신들을 향해 다가오는 모습을 본 왜군은 급히 진형을 수습해 이를 막으려 하였다. 그러나 돌격함대가 계속 함대를 돌파하는 중인지라, 그 수가 매우 적었다.

어쨌든 이영남의 좌군을 막기 위해 세키부네 10여 척이 방향을 틀었다. 방어에 실패한다면 선체로 들이받을 생각이었다. 그러면 자신들도 죽겠지만 좌군 역시 움직이기 어려웠다. 지금 상황에선 왜군이 내릴 수 있는 최선의 판단이었다.

그러나 판단과 실행에는 엄연한 차이가 있었다.

세키부네 10여 척이 좌군을 향해 움직이는 순간.

통제영 중군을 지휘하던 우후 김완(金浣)이 환도를 뽑았다.

"쏴라!"

그 즉시, 중군 판옥선 열 척에 탑재한 대룡포 100여 문이 일제히 불을 뿜었다. 중군 판옥선은 좌군이 움직이기 전에 이미 세키부네가 이동할 거라 예상된 지점을 겨누고 있었다.

그래서 따로 준비할 필요 없이 바로 발사가 가능했다. 중군을 떠난 100여 발의 신용란이 허공에 무수한 항적을 만들며 날아가다가 그 중 20여 발의 신용란이 세키부네 10여 척의 측면에 그대로 명중했다. 나머지 80발은 허공에 쏜 셈이었으나 아까울 게 없었다. 100여 발의 신용란이 만든 화망 안에 세키부네 10여 척이 갇혀 그대로 폭발해버린 것이다.

"와아아아!"

수십 미터까지 치솟는 세키부네의 파편을 보며 수군 병사들은 환호성을 질렀다. 그리고 세키부네에 탄 게 자신이 아니라는 사실에 감사했다. 세키부네에 탄 게 자신이었다면 정말 끔찍했을 거라는 생각이 들었다. 아니, 오히려 좋았을지 모른다는 생각마저 들었다. 고통 없이 죽었을 테니 말이다.

중군의 도움으로 견제 없이 거리를 좁히는데 성공을 거둔 좌군은 그대로 선수를 북쪽으로 돌렸다. 그리곤 왜군 함대의 좌측을 빙 둘러 가며 우현으로 대룡포를 쏘기 시작했다.

펑펑펑!

대룡포의 포구에 화염이 일 때마다 왜군 전선에 불이 붙었다.

왜군 함대는 불이 붙은 아군 전선과 거리를 벌리느라, 더 혼란에 빠져들었다. 신용란이 폭발할 때 생긴 화염이 사방으로 비산해 그 옆에 위치한 다른 전선마저 태우기 시작했다.

운 나쁘게 조총 화약이 든 항아리에 불이 붙는 날에는 더 끔찍한 결과가 일어났다. 신용란이 폭발할 때보다 더 큰 화염과 섬광, 연기를 쏟아내며 폭발해 산산조각 나 흩어졌다.

망원경으로 전투가 벌어진 해역을 관찰하던 이순신의 눈빛은 여전히 냉정했다. 승기는 잡았지만 아직 승리한 것은 아니었다. 이순신은 좌군에 이어 중군을 내보냈다. 좌군을 엄호하던 중군이 이번에는 직접 북쪽으로 북상하기 시작했다.

왜군은 좌군을 저지할 때와 같은 방법을 사용했다.

그러나 그 대신 이번에는 훨씬 많은 전선을 동원했다.

좌측은 막혀도 상관없지만 남쪽이 막히면 퇴로가 사라졌다.

그리고 퇴로가 사라진다는 말은 몰살을 의미했다.

30여 척의 전선이 곧장 남쪽으로 내려와 중군을 막으려 하였다.

왜군의 의도는 하나였다.

옥쇄를 통해 중군의 발목을 잡을 생각이었다.

이순신은 망원경의 방향을 급히 틀어 오른쪽을 보았다.

우후 김억추(金億秋)가 지휘하는 우군이 움직이기 시작했다.

처음에는 좌군을 엄호한 중군처럼 우군이 중군을 엄호하는 상황으로 보였지만 아니었다. 우군은 중군을 엄호하는 대신, 북서쪽으로 곧장 올라가 중군을 공격하기 위해 남쪽으로 내려왔던 왜군 전선 30여 척의 퇴로를 차단해버렸다.

망원경으로 전황을 살펴보던 이순신은 고개를 끄덕였다.

"잘했다."

그 순간, 퇴로를 차단한 김억추의 우군과 북쪽으로 진격하던 김완의 중군이 남과 북 양쪽에서 왜군 전선을 협공하였다.

펑펑펑!

대룡포가 불을 뿜을 때마다 왜군 전선이 폭발하며 타올랐다.

삼나무로 만든 왜군 전선은 폭발형 포탄에 너무 취약했다. 굳이 여러 발을 쏠 필요조차 없었다. 요처에 한 발만 명중시켜도 제자리를 빙글빙글 돌다가 바다 속으로 가라앉았다.

이순신은 망원경을 내리며 부관에게 새로운 지시를 내렸다.

"우군은 왜군 본 함대의 동쪽으로 보내라!"

"예!"

대답한 부관은 대장선의 장대 기둥에 몇 가지 깃발을 걸었다.

장대 기둥 가장 위에는 우군을 지목하는 흰색 바탕에 우(右)자가 크게 적힌 깃발을 걸어두었다. 그리곤 그 깃발 밑에 왜군 본 함대, 즉 왜군의 주력을 가리키는 검은색 바탕에 본(本)이 적혀 있는 깃발을 걸었다. 우군에게 적 본 함대를 공격하란 지시였다. 마지막으로 흰색 바탕에 동(東)이 적혀 있는 깃발을 걸어 우군이 공격할 위치를 알려주었다.

깃발의 크기는 가로 세로 2미터에 이르렀다.

눈이 좋은 이라면 몇 킬로미터 밖에서도 알아보는 게 가능했다. 바람이 불지 않을 때를 대비해 대장선의 병사들이 깃발 끝에 달아둔 줄을 당겨 이를 우군이 쉽게 보게 해주었다.

우군 대장선의 견시병은 시력이 아주 좋은 병사였다.

곧장 통제영 대장선의 지시를 확인해 이를 김억추에게 알렸다.

"통제영의 새로운 지시입니다!"

냉정한 얼굴로 함포 사격을 지휘하던 김억추가 고개를 돌렸다.

"어떤 지시냐?"

"적의 주력을 공격하라는 지시입니다!"

김억추가 고개를 끄덕이며 재차 물었다.

"방향은?"

"적 본 함대의 동쪽입니다!"

"알았다!"

김억추는 장대 기둥에 푸른색 깃발을 걸었다.

푸른색은 사격 중지를 의미했다.

김억추의 대장선을 시작으로 우현을 적에게 겨누어 포격하던 우군 소속 10여 척의 판옥선이 포격을 중지하기 시작했다.

만족한 얼굴로 푸른색 깃발을 내린 김억추는 노란색과 녹색 깃발을 같이 올렸다. 노란 깃발은 경계, 녹색 깃발은 진형 교체를 의미했다. 김억추의 지시를 알아들은 우군 소속 판옥선들은 장대 기둥에 노란색과 녹색 깃발이 같이 올라왔다.

"북상한다! 방향은 왜군 주력의 동쪽 방향이다! 올라가며 좌현으로 포격할 테니 좌현에 있는 포대는 장전을 빨리 마쳐라!"

"예!"

부관은 김억추의 지시를 갑판장과 포술장, 항해장(航海長), 격군장 등 대장선의 주요 간부들에게 전달했다. 그리곤 우군 소속 다른 판옥선에도 김억추의 지시를 자세히 전했다.

중군과 협력해 왜군 분 함대에 전멸에 가까운 타격을 입혀놓은 우군은 180도 선회하여 선수를 동쪽으로 완전히 돌렸다.

"전진!"

김억추의 지시에 1층에 있는 격군장이 소리를 질렀다.

"노를 저어라!"

휴식을 취하던 격군은 다시 노에 달려가 힘껏 젓기 시작했다.

육중한 판옥선이 잠시 끙하는 소리를 내다가 앞으로 나아갔다.

어젯밤 늦게 해역에 도착한 조선 함대는 왜군을 발견하기 전까지 충분히 휴식을 취해둔 터라, 체력이 아직 남아 있었다.

더디게 올라가던 속력이 어느 시점을 기점으로 폭발적

으로 증가해 왜군 본 함대가 있던 전투해역을 완전히 벗어
났다.

"선수를 북쪽으로 돌려라!"

대장선 장대 위에 올라가 해역을 둘러보던 김억추가 지
시했다.

1층에 있는 격군장이 그 지시를 바로 이어받았다.

"좌현은 노를 저어라! 그리고 우현은 좌현을 도와라!"

"예!"

우현 소속 격군이 좌현으로 달려가 노를 저었다. 격군
전부가 좌현 노에 달려든 덕분에 선회는 번개처럼 이루어
졌다.

"정지!"

김억추의 명에 북쪽으로 선수를 돌리던 대장선이 선회
를 멈췄다. 김억추는 그 방향을 유지하더니 다시 북상하라
명했다.

대장선은 왜군 본 함대의 오른쪽을 돌아가며 함포를 발
사했다.

그리고 그 뒤를 우군 소속 판옥선이 꼬리를 물 듯 따라
가며 같이 함포를 쏘았다. 신용란 수백 발이 왜군 본 함대
오른쪽방향에 떨어져 전선과 수송선 수십 척에 화재가 발
생했다.

아비규환이었다.

몸에 불이 붙은 왜군 수백 명이 바다 속으로 몸을 던졌다. 불에 천천히 타 죽느니 익사하는 고통이 몇 십 배 나았다.

전장을 관찰하던 이순신은 팔을 북쪽으로 뻗었다.

"중군도 북상시켜라! 삼면에서 왜군 본 함대를 포위할 것이다!"

"옛!"

이순신의 명에 의해 중군이 남쪽, 좌군이 서쪽, 우군이 동쪽을 각각 맡아 삼면에서 왜군 본 함대를 포위하기 시작했다.

통제영에 속한 50여 척의 전선 중 통제영 대장선을 호위하기 위해 빠진 7척을 제외한 모든 전선이 포위공격에 나섰다.

몇 차례 이어진 서전을 통제영이 모두 승리로 이끈 덕분에 왜군의 전선이 줄어들긴 하였지만 여전히 몇 배에 달했다.

그러나 판옥전선 한 척은 왜군의 전선 다섯 척, 아니 그보다 많은 숫자의 전선과 붙어도 절대 지지 않을 능력이 있었다.

그 만큼 연안전투에서 판옥선을 이길 전선은 없었다.

무게중심이 낮은 구조에, 못을 사용하지 않아 튼튼한 선체, 그리고 뛰어난 선회능력과 가공할 함포로 무장한 판옥전선은 연안전투의 왕이었다. 그런 왕에게 무서운 것은 없었다.

삼면을 포위한 통제영 함대는 함포로 두들기며 왜군 본함대의 수뇌부를 향해 짓쳐갔다. 수많은 적선이 통제영 함대를 가로막기 위해 옥쇄를 각오한 채 돌격해왔으나 소용없었다.

왜국 수군 지휘를 맡은 도도 다카토라는 답답했다.

조선 수군이 펴놓은 천라지망이 너무 단단해 뚫을 곳이 없었다.

그제야 조금 긴장한 얼굴로 우에스기 카게카츠가 걸어왔다.

"이게 대체 무슨 난리요?"

도도 다카토라는 가슴 속에서 천불이 솟는 것을 억지로 참았다.

"보시다시피 위험한 상태입니다."

"흐음."

입을 다문 채 신음을 토한 우에스기 카게카츠가 다시 물었다.

"그럼 방법이 없는 거요?"

도도 다카토라는 풀이 죽은 얼굴로 대답했다.

"지금 이대론 방법이 없습니다."

도도 다카토라를 보는 우에스기 카게카츠의 눈에는 불

만이 가득했다. 그도 그럴 수밖에 없는 게 우에스기 카게카츠는 수군에 대해 아는 게 없었다. 그가 아는 수군은 병력과 군수품을 그가 말한 장소에 옮겨다주는 수단에 불과했다.

그런 그에게 수전(水戰)은 육전(陸戰)보다 훨씬 간단한 전쟁처럼 보였다. 그가 보기엔 전선이 많은 쪽이 훨씬 유리했다.

도도 다카토라의 휘하에는 원래 천여 척의 전선이 있었다. 그 중 병력을 태운 수송선 등을 제외하면 3백 척에 이르렀다. 한데 조선이 동원한 전선은 겨우 50여 척에 불과했다.

아군의 전력이 적의 여섯 배에 달했다.

그가 이런 전력 차인 상태로 적과 붙었다면 패할 일이 없었다. 과장법이 아니었다. 말 그대로였다. 하늘이 두 쪽 나지 않는 한 패하는 일은 없었다. 상대가 호리병의 입구처럼 아주 좁은 곳에 들어앉아 저항해오지 않는 한, 하루, 이틀이면 공성이든, 야전이든 적을 박살내버릴 자신이 있었다.

더구나 전투가 일어난 바다에는 장애물이 딱히 없었다.

사방이 탁 트여 있었다.

안력을 집중하면 대마도 북부가 보일 것 같았다.

약한 적이 선택하는 최후의 수단인 기습이나, 매복을 걱정할 필요 없다는 말이었다. 장수들이 가장 좋아하는 상황이었다.

패할 수 없는 전투였다.

여섯 배의 전력으로 적에게 패하는 것은 불가능에 가까웠다.

한데 이 도도 다카토라라는 놈은 도무지 이해하기 어려웠다. 여섯 배의 전력으로 조선 수군에 꼼짝 못하는 중이었다.

마치 호랑이를 본 똥개처럼 벌벌 떨었다.

'조선 수군을 지휘하는 자가 이순신이라 했던가?'

전쟁을 준비하며 이순신의 이름을 들어보기는 했지만 그게 다였다. 여섯 배의 적을 상대로 이길 수 있는 장수는 없었다.

한데 지금 상황은 마치 패배하기 직전과 다름없었다.

떨어진 사기는 공포에 질린 병사들의 얼굴에 바로 드러났다.

들려오는 보고라곤 침몰, 전멸 두 단어가 전부였다.

사실 귀선이 아군 함대를 가를 때부터 마음에 들지 않았다.

전쟁을 준비하며, 조선 수군이 사용하는 이상한 형태의 전선에 대해 보고를 받은 기억이 있었다. 전체적인 형태가 거북이를 닮아 귀선이라 불렸는데 뱃전에 지붕을 덮은 배였다.

왜군, 아니 왜구의 전투방식을 차용해 그대로 사용하는 왜국 수군에 대항하기 위해 만들었다는데 실소가 나올 일이었다.

그의 상식으론 시야를 더 확보하기 위해 못할 짓이 없었다.

시야를 방해하는 나무는 천년 묵은 나무라도 베어야했다. 그리고 백성이 사는 소중한 민가마저 시야를 방해하면 가차 없이 밀어야했다. 그래야 적의 기습을 받지 않을 수 있었다.

한데 조선의 귀선은 자기가 먼저 시야를 제한해버렸다.

우에스기 카게카츠는 그 점이 이해가 가지 않았다.

그러나 귀선을 직접 본 지금은 그 생각에 수정을 가해야 했다.

3장. 해일(海溢)처럼

光海鑑

3장. 해일(海溢)처럼

왜군 함대를 돌파한 조선의 귀선 10척은 도도 다카토라가 밤 새워 구축한 대함대의 진형을 불과 한 시간 만에 깨버렸다.

귀선이 돌파한 해역은 아수라장이 따로 없었다.

"으아악!"

"피, 피해라!"

"귀, 귀선(鬼船)이 이, 이쪽으로 온다!"

귀선의 함포전에 당하거나, 아니면 귀선을 피해 도망치던 전선들이 제각기 움직이는 바람에 다른 배들의 진로를 막았다.

그로 인해 발생한 피해는 측정이 불가능할 지경이었다.

한 배처럼 일사불란하게 항해하던 대함대가 움직임을 멈췄다.

10척의 배가 1천척이 넘는 대함대의 발목을 묶어버린 것이다.

왜군은 귀선의 돌파를 막기 위해 별 짓을 다했다.

자살공격, 자폭공격, 심지어 귀선의 진로에 들어가 배를 자침시켰다. 배의 잔해로 귀선의 진로를 막아보자는 생각이었다.

그러나 귀선은 한 척을 제외한 9척의 배가 함대를 완전히 가른 후 북쪽으로 빠져나갔다. 나머지 1척은 가장 먼저 돌입한 귀선으로 가장 단단한 쪽에 들어와 가장 강력한 위용을 보이다가 피해가 쌓이는 바람에 운항이 힘들어진 상태였다.

우에스기 카게카츠는 그제야 귀선의 위력을 실감했다.

10척으로 왜군 본 함대의 발을 묶을 줄은 상상조차 못했다.

우에스기 카게카츠는 지나가던 수군에게 물었다.

"임진년에도 저 귀선에 당한 것이냐?"

우에스기 카게카츠를 알아본 수군이 얼른 대답했다.

"그렇긴 합니다만……."

"합니다만?"

"그때는 귀선이 많아야 두 척이었습니다."

"으음, 알았다."

수군을 자기 자리로 돌려보낸 우에스기 카게카츠는 고개를 흔들었다. 많아야 두 척이던 귀선이 2년 동안 열 척으로 불어났다는 말은 조선군이 이번 전쟁을 위해 엄청난 노력을 기울였다는 말이었다. 준비단계에서 이미 패한 것이다.

귀선에 당한 것은 어쩔 수 없었다.

그 위력을 눈앞에서 목도했으니 탓할 마음은 없었다.

그러나 그 후의 대처방법이 문제였다.

아니, 수습방법이 문제였다.

우에스기 카게카츠는 도도 다카토라의 다음 움직임이 마음에 들지 않았다. 함대의 상황은 엉킨 실타래와 마찬가지였다.

얽혀있는 실타래를 풀지 못하면 공멸을 면치 못했다.

한데 도도 다카토라는 문제의 핵심에 접근하지 못하는 듯했다.

엉킨 실타래를 풀기 위한 움직임을 보이지 않았다.

겁에 질린 도도 다카토라가 굼뜨게 움직이는 사이, 조선 수군은 왼쪽과 중앙, 그리고 오른쪽을 차례대로 공격해 포위했다.

도도 다카토라는 그제야 움직이기 시작했다.

선봉에 있던 30척의 분함대로 남쪽에 활로를 뚫으려 노력했다.

그러나 마치 이를 기다렸다는 듯 조선 수군은 남북 양쪽에서 이를 포위해 섬멸시켜버렸다. 아까운 전선 30척만 날렸다.

우에스기 카게카츠는 함대 상공에 피어오르는 검은 연기에 시선을 고정했다가 고개를 돌려 도도 다카토라를 관찰했다.

"다케다부대는 남동쪽을 찔러라! 그곳의 포위망이 가장 약하다!"

"예!"

"미야자키부대와 마쓰다부대는 다케다를 도와줘라!"

"예!"

도도 다카토라는 어떻게든 대마도 방향으로 내려가는 길을 열기 위해 계속 휘하의 부대들을 밖으로 내보내는 중이었다.

성과는 별로 없었지만 어쨌든 그 덕분에 나들목에 갇힌 명절 차량행렬처럼 꼼짝 않던 전선이 조금씩 움직이기 시작했다.

물론, 이는 그들이 잘해 생긴 결과는 아니었다.

삼면을 포위한 조선 수군의 파상공세에 외곽을 지키던 아군 전선이 침몰해 안에 갇힌 전선의 활동반경이 늘어난 탓이다.

우에스기 카게카츠의 시선이 조금씩 떨리기 시작했다.

심장 박동소리가 점점 커져 그 혼란한 중에도 똑똑히 들렸다.

우에스기 카게카츠는 급히 주위를 둘러보았다.

부하들이 박동소리를 들었다면 그 보다 창피한 일은 없었다.

근위시동과 가신들이 주위에 산재해 있었으나 모두 바다 위의 전투에만 관심이 있을 뿐, 그를 쳐다보는 사람은 없었다.

다행이었다.

그는 한평생 두려움을 느껴본 적이 없는 사람이었다.

우에스기 카게토라와 벌인 후계 다툼은 물론이거니와 오다에게 사면을 포위당해 유서를 썼을 시에도 두렵지가 않았다.

오히려 그때는 맹렬한 용기가 솟아났다.

나오에 가네쓰구의 도움을 받아 후계 다툼에서는 승리했지만 기뻐할 틈이 없었다. 다케다를 박살낸 오다 노부나가가 에치고의 우에스기마저 처단하기 위해 포위해왔던 것이다.

오다가문의 필두 가신이었던 시바타 가쓰이에가 마에다 도시이에, 삿사 나리마사 등과 엣추방면에서 우에스기가문을 공격해왔다. 그리고 다케다가문이 멸망한 가이방면에서는 타키가와 카즈마스, 모리 요시나리가 쳐들어왔다.

그 뿐만이 아니었다. 사이가 틀어진 오다와라의 호죠가문이 남쪽에서 쳐들어오는 바람에 우에스기는 사방이 포위당해버렸다.

이길 수 없다는 것을 직감한 우에스기 카게카츠는 유서를 써놓은 다음, 결사 항전할 태세를 갖추었는데 하늘이 그를 도와주었다. 혼노지의 변으로 오다 노부나가가 죽은 것이다.

오다 노부나가의 부하였던 도요토미 히데요시, 당시엔 아직 하시바란 성을 쓰던 히데요시가 오다 노부나가를 배신한 아케치 미쓰히데를 처단하고 시바타 가쓰이에와의 내부 항쟁에 승리해 패자로 떠오르자 그에게 굴복해 가문을 지켰다.

오다 노부나가가 죽지 않았으면 우에스기 카게카츠의 목숨은 그 시점에 끝났을 것이다. 좀 더 패도적인 오다 노부나가는 다케다를 쓸어버렸듯 우에스기 역시 쓸어버렸을 것이다.

사방을 포위당한 상황은 지금 역시 마찬가지였지만 그때는 두려운 마음이 전혀 없었다. 오히려 마음이 편해지며 용기가 솟았다. 그러나 지금은 그렇지 않았다. 지금은 두려웠다.

단순히 그때보다 겁이 많아져, 아니면 잃을 게 많아져 그런 것은 아니었다. 그가 두려운 이유는 저항을 못하는데 있었다.

바다 위에선 그가 할 수 있는 일이 별로 없었다.

그가 데려온 부하들은 육지에선 누구보다 강하지만 바다 위에선 늙은 어부보다 약했다. 그저 바다 멀미에 정신 못 차리는 짐일 뿐이었다. 우에스기 카게카츠는 그가 탄 배가 관으로 변하는 게 두려웠다. 손발이 묶인 채 배와 함께 깊이를 모르는 바다 속에 빠지는 그런 상황 자체가 두려웠다.

"윽."

우에스기 카게카츠는 아침에 먹은 게 올라오는 것을 느꼈다.

급히 입을 손으로 틀어막은 우에스기 카게카츠는 힘을 주어 다시 삼켰다. 여기서 토하는 모습을 보였다간 끝장이었다.

멀미는 정신력, 정신수양, 의지로 극복하기 어려운 문제였다.

다른 병이라면 치료해보겠지만 멀미는 불가능했다.

뭍으로 올라가는 방법 외에는 딱히 치료방법이 없었다.

그 전까지는 그저 견디는 게 할 수 있는 최선의 방법이었다.

나오에 가네쓰구가 다가와 속삭였다.

"괜찮으십니까?"

얼굴이 하얗게 질린 우에스기 카게카츠는 고개를 끄덕였다.

"나는 괜찮소."

걱정스런 기색으로 그를 바라보던 나오에 가네쓰구가 물었다.

"지금 상황을 어떻게 보십니까?"

"좋지 않은 것 같소."

"신 역시 그렇게 봅니다."

고개를 끄덕이는 나오에 가네쓰구의 눈이 예리하게 빛났다.

그와 보낸 세월이 30년이었다.

이젠 눈빛만 봐도 서로의 의중을 알았다.

등을 돌린 우에스기 카게카츠가 목소리를 낮춰 물었다.

"좋은 계획이 있소?"

나오에 가네쓰구가 도도 다카토라를 힐끔 보며 질문에 답했다.

"제가 보기에 도도놈은 틀렸습니다."

"으음."

우에스기 카게카츠는 약한 신음을 토했다.

나오에 가네쓰구는 신경 쓰지 않는다는 듯 말을 계속 이었다.

"이젠 살 길을 우리가 직접 도모해야합니다."

미간에 골이 잔뜩 생긴 우에스기 카게카츠가 물었다.

"어떻게 말이오?"

"도도놈이 남쪽에 활로를 뚫으려는 지금이 오히려 적기입니다."

우에스기 카게카츠의 눈에 놀람의 빛이 어렸다.

"자세히 얘기해보시오."

"조선 수군은 도도놈을 붙잡기 위해 총력을 기울일 겁니다. 그렇다면 자연히 북쪽에는 경계가 허술할 것이니 그쪽으로 움직이면 도주할 기회가 생길 겁니다. 놈들은 우리가 조선이 있는 북쪽으로 돌아갈 거라곤 전혀 생각하지 못할 겁니다. 그 빈틈을 노리는 거지요. 성공할 확률이 아주 높습니다."

"상대가 생각하지 못하는 점을 노린다?"

나오에 가네쓰구가 틀림없이 성공한다는 듯 고개를 끄덕였다.

"그렇습니다."

"그럼 도도는?"

"자기가 알아서 하겠지요."

"으음."

잠시 고민하던 우에스기 카게카츠는 나오에 가네쓰구의 전술을 따르기로 결정했다. 그에게 배는 움직이는 관과 다름없었다. 그리고 이곳은 무덤이었다. 어떻게든 빠져나가야했다.

나오에 가네쓰구가 도도 다카토라를 찾았다.

"우리는 다른 배로 옮겨야겠소."

그의 속셈을 전혀 모르는 도도 다카토라는 오히려 기뻐
했다.

"잘 생각했소. 수뇌부가 한 자리에 모여 있으면 더 위험
하오."

도도 다카토라의 말 대로였다.

수뇌부가 한 자리에 모여 있다가 함포에 맞아 배가 침몰
하면 남은 부하를 지휘할 장수가 없었다. 반드시 피해야하는
상황이었다. 그가 우에스기 카게카츠와 같은 배에 오른 이유
는 수전 경험이 없는 우에스기가신들을 돕기 위해서였다.

그러나 조선 수군에 포위당한 지금은 오히려 그게 발목
을 잡았다. 지금은 어떻게든 위험을 분산시켜둘 필요가 있
었다.

도도 다카토라는 우에스기 카게카츠에게 당부했다.

"우리 도도군이 어떻게 해서든 활로를 열 테니 우에스기군
은 뒤를 따라오십시오! 우리 뒤만 잘 따라오면 이곳을 빠져나
갈 수 있을 겁니다! 이 방법 외에 다른 방법은 없습니다!"

도도 다카토라의 당부에 우에스기 카게카츠는 고개를
몇 번 끄덕였다. 도도 다카토라는 자존심 강한 우에스기
카게카츠가 지시를 따르지 않을지 모른다는 생각에 긴장
했는데 예상과 달리 순순히 승낙하는 그를 보며 적잖이 안
심했다.

"도도군은 우에스기가문의 이선(離船)을 도와라!"

도도 다카토라는 부하를 불러 우에스기 카게카츠와 우에스기가의 가신들이 다른 아타케부네로 옮겨 타는 일을 도왔다.

우에스기가문이 빠져나가는 모습을 담담한 시선으로 지켜보던 도도 다카토라는 본격적으로 활로를 뚫기 위해 동분서주하였다. 조선 수군이 펼친 포위망 중에 그나마 조금 약해보이는 남동쪽에 주력을 파견해 활로를 구축하기 시작했다.

부하들의 피로 구축한 활로였다.

아타케부네와 세키부네 수십 척이 조선 수군이 발사하는 함포를 대신 맞아주며 버티는 사이, 왜군 수뇌부를 태운 전선 10여 척이 그의 지휘를 받아가며 그 사이를 통과했다.

기회는 한 번뿐이었다.

이번에 실패하면 적에게 먹이로 던져줄 전선이 더 이상 없었다.

도도 다카토라의 의도를 눈치 챈 조선 수군은 왜군의 활로를 차단하기 위해 거리를 좁혔다. 지금까진 거리를 적당히 유지하며 함포 사격으로 대응해왔는데 도도 다카토라가 부하들을 희생시켜 탈출하려는 모습을 보곤 거리를 좁혀왔다.

왜군이 탄 배는 살려 보내지 않겠다는 조선 수군의 굳은 의지가 드러나는 행동이었다. 임진년에는 양동작전으로 적지 않은 병력이 본토에 돌아갔는데 이번에는 어려울 듯 보였다.

"카네시로부대를 보내라!"

도도 다카토라는 목이 터져라 소리를 질렀다.

잠시 후, 왼쪽 뒤에 있던 카네시로부대가 앞으로 나와 접근해오는 조선 함대를 막았다. 조총의 총성이 울리기 시작했다.

조선 함대와의 거리가 아주 가까워 조총 탄환이 선체를 박살내며 만든 나무파편이 불꽃놀이처럼 사방으로 튀어 올랐다.

엄청난 화력이었다.

그러나 판옥선에 탑승한 조선 수군을 쓰러트리지는 못 했다.

조선 수군은 난간 위에 철 방패를 둘러 왜군의 조총 공격을 막아냈다. 조총 탄환 수십 발이 박힌 철 방패는 잠시 움찔하며 흔들렸을 뿐, 천년 묵은 소나무처럼 꿈쩍하지 않았다.

카네시로부대와 조선 함대의 간격이 30미터로 줄어드는 순간.

펑펑펑!

조선 함대가 일제히 포격을 시작했다.

거리가 가까워 중력이 개입할 여지가 없었다.

전차가 전차포를 발사하는 상황과 같았다.

포구를 떠난 신용란 수십 발이 세키부네의 뱃전에 떨어졌다.

콰아앙!

신용란에 맞아 부러진 돛대가 수십 조각으로 잘려 도망치는 왜군 몸에 틀어박혔다. 그리고 뒤이어 폭발한 신용란은 뱃전과 함교, 그리고 짐을 싣는 화물칸을 한 번에 터트렸다.

쾅쾅쾅!

마치 한가위에 폭죽놀이를 하는 거처럼 세키부네와 아타케부네가 줄줄이 터져나갔다. 이곳이 전장이 아니었다면 박수를 쳤을지 모를 만큼 엄청난 화염이 카네시로부대를 덮쳤다.

차라리 거리를 두었을 때가 좋았다.

거리가 멀면 빗나가는 신용란이 제법 있었는데 거리가 30, 40미터에 불과하니 빗나가는 신용란이 거의 없을 지경이었다.

아타케부네 한 척은 여섯 발의 용란을 혼자 뒤집어썼다.

그 모습을 본 왜군은 모두 넋을 잃은 모습이었다.

이는 사람이 대처 가능한 한계를 넘어버린 상황이었다.

그들에게 조선군 함포는 무기가 아니라, 일종의 자연재해였다.

그때, 홀로 냉정함을 유지하던 도도 다카토라가 고함을 질렀다.

"지금이다! 속도를 높여라!"

도도 다카토라의 명을 받은 왜군은 남동쪽에 있는 미세한 틈으로 도주하기 시작했다. 숫자는 10여 척에 불과했다. 그러나 그 10여 척에 주요 수뇌부가 모두 승선해있는 상황이었다.

천여 척의 전선과 2만 명의 병력을 희생하여 그 10여 척이 대마도로 도망칠 수 있다면 어쨌든 작전은 성공인 것이다.

아시가루의 목숨은 중요하지 않았다. 본토에 무사히 귀환하면 아시가루는 얼마든 징집이 가능했다. 그러나 영주와 가신의 목숨은 그렇지 않았다. 그들이 죽으면 가문이 멸망하거나, 가문의 힘이 약해져 결국 멸망의 길을 걸어야 했다.

그게 지금 시대를 살아가는 왜국 사람의 일반적인 상식이었다.

도도 다카토라는 도주하는 일에 정신을 집중했다.

거의 성공직전이었다.

조선 수군이 만든 유일한 빈틈을 예리하게 파고든 도도

다카토라는 그를 잡기 위해 뛰어드는 적선을 부하에게 떠넘겼다.

"으, 으악!"

"살, 살려주십시오!"

"우, 우리를 버리지 말아주십시오!"

부하들의 비명소리와 원한에 찬 저주가 끊임없이 들려왔다.

그러나 도도 다카토라는 뒤를 돌아보지 않았다.

부하들이 죽는 데에는 관심 없었다.

그저 이 지옥 같은 곳을 빨리 벗어나는 데에만 관심이 있었다.

마지막 적선을 뿌리치는 순간.

도도 다카토라는 참을 수 없는 희열을 느꼈다.

성공한 것이다.

조선 수군이 만든 엄밀한 포위망을 돌파해 살아남았다.

기적이란 단어를 써야한다면 지금이 적기였다.

그때였다.

선미를 지키던 가신이 급한 걸음으로 달려와 무릎을 꿇었다.

"이, 이상합니다!"

"뭐가 이상하단 말이냐?"

가신은 얼굴이 하얗게 질려 대답했다.

"우, 우에스기가문이 전혀 보이지 않습니다."

도도 다카토라가 쌍심지를 켜며 소리쳤다.

"제대로 확인한 것이냐?"

"소, 소인의 두 눈으로 직접 확인했습니다."

"그럴 리 없다! 그럴 리가 없어!"

도도 다카토라는 직접 선미로 달려갔다.

달려가던 도도 다카토라가 고개를 세차게 저었다.

속으로는 그럴 리 없다는 말을 계속 중얼거렸다.

우에스기 카게카츠를 다른 배에 옮겨 타게 한 일과 도도군 뒤에 따라오게 한 일 모두 우에스기가문을 위한 배려였다.

그 혼자라면 차라리 옥쇄할 각오로 싸웠을 것이다.

그러나 대규모 수전을 치러본 경험이 없는 우에스기군을 이런 전투에 말려들게 할 순 없어 굴욕을 참아가며 도주했는데 정작 그 우에스기가문이 도중에 사라져버린 상황이었다.

가능성은 두 가지였다. 우선 그를 따라오던 도중에 조선 수군에 붙잡혀 침몰 당했을 가능성이 하나였다. 그게 아니면 자의로 도망쳤다는 말인데 그럴 가능성은 별로 없을 것 같았다.

그가 탄 아타케부네 선미에 도착한 도도 다카토라는 고개를 길게 뽑았다. 그리곤 그가 지나온 해역을 샅샅이 수색했다. 부하들이 비명과 저주를 쏟아내며 죽어가던 바다는 여전히 혼란에 휩싸여 있었다. 화염과 연기, 산산조각 난 선체의 파편. 파도 위에 떠있는 수십, 수백 구의 시신. 지옥이 있다면, 정말 있다면 이런 모습일 거라는 생각이 들었다.

도도 다카토라의 시선이 서쪽을 출발해 동쪽 끝으로 향했다. 다시 동쪽 끝을 출발해 서쪽 끝으로 돌아갔다. 없었다. 우에스기군은커녕, 그 비슷한 배의 그림자조차 보이지 않았다.

도도 다카토라는 벌벌 떠는 선미 견시병을 노려보았다. 두려워 몸을 떠는 것인지, 아니면 잘못이 들킬 걸 걱정해 몸을 떠는 것인지 알 도리가 없었다. 그러나 무언가 있긴 있었다.

창!

도도 다카토라는 왜도를 뽑아 견시병의 목옆에 올려놓았다.

"우에스기군의 배가 언제부터 보이지 않았느냐?"

"처, 처음……."

"처음은 중요하지 않다. 우에스기가 언제부터 보이지 않았느냐?"

몸을 떨던 견시병이 어느 순간, 침착함을 다시 되찾았다. 마치 이곳을 무사히 빠져나갈 방법이 없다는 것을 이미 아는 듯했다. 죽음을 받아들이기 무섭게 더 이상 두렵지가 않았다.

"처음부터 없었습니다."

"처음부터라니? 그럼 배를 옮겨 탄 이후부터 없었단 말이냐?"

견시병은 포기한 눈빛으로 고개를 끄덕였다.

"예, 맞습니다. 배를 옮겨 탐과 동시에 북쪽으로 향했습니다."

"왜 보고하지 않았느냐?"

도도 다카토라의 힐문에 견시병은 강하게 항변했다.

"소인에게 우에스기군을 감시하란 명령을 내린 사람이 없었습니다. 명령을 내린 사람이 있었으면 당연히 감시를 했겠지요. 하지만 없었습니다. 그런 상황인데 제가 무슨 말을 할 수 있겠습니까? 오히려 높은 사람들 일에 끼어든 소인이 건방지다며 치도곤이나 흠씬 당했겠지요. 그렇지 않습니까?"

"네 놈이 감히 누구한테!"

화가 나 소리를 지른 도도 다카토라는 칼을 그대로 내리쳤다.

견시병의 목이 잘리며 피가 용솟음쳤다.

견시병은 그 상태로 서 있다가 도도 다카토라를 노려보았다.

"어, 어차피 우린 악마 같은 조선 수군에게 다 죽을 겁니다!"

그 말을 남긴 견시병은 뒤로 쓰러지며 쿵하는 소리를 내었다.

가신과 병사들이 놀란 눈으로 도도 다카토라를 쳐다보았다.

칼에 묻은 피를 닦아 칼집에 넣은 도도 다카토라가 소리쳤다. 주변에 있던 가신과 병사들이 당황한 얼굴로 도도 다카토라를 쳐다보았다. 그게 도도 다카토라가 잘못이 없는 견시병을 죽여서 그런 건지, 아니면 견시병이 죽기 전에 한 저주가 마음에 걸려 그런 건지는 알 수 있는 방법이 없었다.

분위기가 심상치 않음을 느낀 도도 다카토라가 소리를 질렀다.

"이 놈은 자기 임무를 소홀히 했다! 그래서 즉결처분한 것이다!"

그러나 불길한 느낌은 쉽사리 가시지 않았다.

그때였다.

선수를 지켜야할 가신이 허겁지겁 달려와 보고했다.

"앞으로 오셔야할 것 같습니다!"

그 말에 도도 다카토라는 다시 선수로 뛰어갔다.

선수의 난간에 이르는 순간.

"이게 대체!"

도도 다카토라는 도저히 믿을 수 없다는 눈으로 정면을 보았다.

도도군 앞을 조선의 전선 8척이 나타나 진로를 차단했다. 이는 도도 다카토라의 착각이 불러온 참사였다. 그는 조선 수군이 펼친 포위망의 약점을 날카롭게 찌른 줄 알았는데 오히려 그게 함정이었던 것이다. 통제영은 휘하의 중군과 우군, 좌군을 모두 동원해 삼면을 포위했지만 정작 통제영 대장선과 대장선을 지키는 판옥선 7척은 움직이지 않았다.

통제사 이순신은 이번 전투를 빨리 마무리 짓기 위해 묘수를 꺼냈다. 중군과 우군 사이에 틈을 조금 만들어 일부러 빈틈을 드러낸 것이다. 도도 다카토라는 바로 함정에 걸려들었다. 그 빈틈으로 도망치기 위해 부하를 먹잇감으로 던져준 도도 다카토라가 필사적으로 활로를 찾아 나선 것이다.

수뇌부가 당한다면 전투는 빨리 끝날 수밖에 없었다. 전투의 목적과 의지를 상실하는 것이다. 이순신은 사각지대에 숨어 있다가 재빨리 진격해 도도군의 전면을 차단해버렸다.

도도 다카토라의 시선이 앞을 막아선 판옥선 8척을 하나하나 훑어갔다. 그러다가 가운데 있는 판옥선에 시선이 멈췄다.

"이순신!"

고함을 지른 도도 다카토라는 주먹으로 난간을 후려쳤

다. 앞을 막은 8척의 판옥선 중 유독 한 척이 다른 전선보다 컸는데 바로 삼도수군통제사 이순신이 탑승한 대장선이었다.

동쪽으로 선수를 돌린 8척의 판옥선은 좌현으로 도도군의 선수를 겨냥하더니 이내 대룡포를 발사하기 시작했는데 육중한 판옥선이 그 반동으로 흔들릴 만큼 엄청난 화력이었다.

도도군의 전면을 방어하던 세키부네 세 척이 동시에 폭발했다. 화염과 연기가 치솟는 순간, 세키부네는 수십 개로 쪼개져 바다 위를 떠다녔다. 도도군의 가신들은 조선 수군의 대장선을 향해 조총을 쏘라 명했다. 그러나 거리가 멀었다.

상대가 조총의 유효사거리 밖에 있어 탄환은 적의 대장선에 닿기 전에 중력의 영향을 받아 가진 에너지를 거의 다 소비했다. 그런 상태로 대장선을 향해보았자 큰 의미가 없었다.

"영, 영주님, 뒤에!"

가신의 비명소리에 고개를 돌린 도도 다카토라는 혀를 깨물었다. 텅텅 비어있던 해역에 어느새 조선 수군이 가득했다. 이젠 마땅한 방법이 없었다. 꼼짝없이 갇혀 죽을 판이었다.

도도 다카토라는 칼을 뽑았다.

"도도군은 들어라! 마침내 최후의 순간이 왔다! 자랑스러운 도도군의 이름에 먹칠을 하지 않도록 죽을힘을 다해 싸워라! 조선 놈들이 우리 이름을 영원히 기억하게 만들어주자!"

"와아!"

함성을 지른 도도군은 남은 전선 여섯 척으로 돌격을 감행했다. 도도 다카토라는 아타케부네 함교 위에 올라가 연신 독전하며 이순신이 직접 지휘하는 조선 수군을 덮쳐갔다.

펑!

굉음과 함께 왼쪽 전방을 지켜주던 미야베의 아타케부네가 빙글빙글 돌았다. 조타장치를 맞은 것이다. 움직이지 못하는 배는 손쉬운 먹잇감으로 전락했다. 곧이어 날아든 10여 발의 포탄이 미아베의 아타케부네를 그대로 터트려버렸다.

"미야베, 먼저 가있어라! 곧 따라가마!"

도도 다카토라는 이를 악문 채 계속 돌격하라 명했다.

쾅쾅!

뒤이어 들려온 폭음과 함께 오른쪽 전방을 수비하던 나가타와 이누카미의 세키부네가 동시에 폭발했다. 세키부네가 터지며 날아든 파편이 도도 다카토라가 있는 곳까지 밀려왔다.

얼굴에 무언가가 흐르는 느낌을 받은 도도 다카토라는 손을 뻗어 훔쳤다. 처음에는 바닷물인줄 알았으나 아니었다. 방금 전까지 누군가의 혈관 속을 힘차게 휘돌았을 피였다.

여섯 척은 금세 세 척으로 줄었다. 이순신이 있는 대장 선과의 거리는 줄어들었으나 도도 다카토라를 보호해줄 우군이 없었다. 양 옆을 따라오던 요시노와 키리하라의 전선이 앞으로 나갔다. 두 가신이 모는 세키부네는 용감히 나아갔다.

"장하다! 요시노! 키리하라! 내 너희들을 영원히 기억할 것이다!"

그 순간, 쾅하는 소리와 함께 요시노의 배가 먼저 폭발했다. 어디를 어떻게 맞았는지 두 쪽으로 갈려 침몰하기 시작했다. 격벽이나, 밸러스트에 대한 개념이 별로 없던 시절이었다. 그 말은 즉, 침몰하기 시작하면 답이 없다는 말이었다.

수십 명의 목숨이 순식간에 사라졌다. 키리하라의 배는 잠시 움찔하는 듯 보였으나 재차 속도를 높여 조선 수군에게 돌진했다. 이젠 조총의 사거리 안이었다. 귀청을 찢는 함포의 포성 사이로 마치 콩을 볶는 것 같은 총성이 들려왔다.

그러나 조선 수군 역시 개인화기가 있었다. 그리고 그들이 가진 개인 화기는 왜군이 가진 조총보다 사거리가 더 길었다. 총을 쏘던 왜군 수십 명이 피를 뿌리며 바다으로 쓰러졌다. 그리고 뒤를 이어 포탄이 곧장 뱃전으로 날아들었다.

콰앙!

폭음이 울리며 키리하라 배의 선수에 불이 붙었다. 그러나 키리하라는 멈추지 않았다. 불이 붙은 그대로 이순신의 대장선을 향해 돌진했다. 두 배의 거리가 10미터로 줄어들었다.

불이 붙은 키리하라의 배는 불길이 선수를 지나 선미로 번져갔다. 마치 거대한 불덩이가 바다를 가르는 거처럼 보였다.

이순신의 대장선을 지키는 갑판병은 난간에 용아를 겨누어 다가오는 키리하라의 배에 탄환을 발사했다. 총성이 어지럽게 울리며 키리하라 배의 선수에 탄환 수십 발이 쏟아졌다.

그러나 이미 옥쇄를 각오한 키리하라의 배를 멈추진 못했다.

거리가 5미터로 줄어들었다.

이순신의 대장선에 있던 포병들은 재장전을 서둘렀다. 그러나 시간이 필요했다. 최소 30초 이상의 시간이 더 필요했다.

그러나 30초는 키리하라의 배가 이순신의 대장선에 충돌할 충분한 시간이었다. 이순신은 대장선을 동쪽으로 움직였다.

대열을 천천히 빠져나온 대장선이 막 속도를 높이려는 순간.

불붙은 키리하라의 배가 돌진했다. 대장선은 좌현에 있는 함포 장전을 모두 마쳤지만 발사하진 못했다. 거리가 너무 가까워 포를 쏘면 대장선마저 같이 휘말릴 위험이 높았다.

전투 개시 후 처음으로 위험한 순간이 도래했다.

그 순간, 이순신의 쩌렁쩌렁한 외침이 선체를 휘돌았다.

"좌현 인원은 우현으로 이동하라! 또, 총원 충격에 대비하라!"

대장선 좌현에 있던 격군과 포병이 우현을 향해 몸을 날렸다. 그리고 다른 사람들은 고정해둔 물건을 잡아 대비했다.

눈을 질끈 감은 장병들이 불 붙은 적선과의 충돌에 대비하려는데 갑자기 나타난 판옥선이 키리하라 배의 선미를 들이받았다. 쿵하는 소리가 들리더니 키리하라의 배가 옆으로 휙 돌아갔다. 판옥선이 워낙 강한 기세로 덮쳐온 지라 이미 불길에 휩싸인 키리하라의 배는 그 힘을 견뎌내지 못했다.

이순신의 시선이 키리하라의 배를 멈춘 판옥선으로 돌아갔다.

"오, 희립이구나!"

그 판옥선의 함장은 송희립(宋希立)으로 그는 통제사 호위를 담당했다. 절체절명의 순간에 달려와 대장선을 구해냈다.

송희립은 판옥선의 육중한 선체를 이용해 불이 붙은 키리하라의 배를 뒤로 밀어내며 대장선에 접근하는 것을 차단했다.

송희립은 좌현에 달려가 상황을 지켜보았다. 화염에 휩싸인 키리하라의 배가 좌현에 바짝 붙는 바람에 송희립의 전선에 불이 옮겨 붙는 중이었다. 병사들이 모래를 뿌려 불을 끄는 중이었는데 끄는 속도보다 불이 번지는 속도가 빨랐다.

"좌현 함포를 뒤로 빼라!"

송희립의 명에 포병이 달려가 좌현에 있는 대룡포를 뒤로 빼냈다. 대룡포에 장전해둔 신용란에 불이 붙으면 끝장이었다.

송희립의 명이 폭풍처럼 이어졌다.

"장대를 가져와라!"

지시를 받은 갑판병들은 무기고에 달려가 장대를 가져왔다. 가까이 접근한 적선을 뒤로 밀어내는데 사용하는 장대였다.

왜국 수군의 기본 전술은 전선에 가까이 붙어 노를 움직이지 못하게 한 다음, 포락화시(炮烙火矢)나, 횃불 등을 던져 선체에 불을 지르거나, 아니면 뱃전에 직접 뛰어들어 백병전을 벌이는 형태였다. 그래서 가까이 붙은 왜국 전선을 밀어내기 위한 용도로 조선 수군은 전선에 항상 튼튼한 장대를 비치해두었는데 마침내 장대를 사용할 시기가 온 것이다.

송희립은 다급히 지시를 내렸다.

"적선을 빨리 밀어내라!"

그 순간, 좌현에 늘어선 갑판병들이 장대로 불이 붙은 키리하라 배를 밀어내기 시작했다. 휘청하던 키리하라의 배가 뒤로 조금 밀려났다. 성과는 있었지만 시간이 더 필요했다.

마음이 급한 송희립은 포술장을 보며 고개를 끄덕였다.

송희립의 신호를 받은 포술장은 빼놓았던 대룡포를 다시 포안에 집어넣어 신용란을 쏘았다. 다섯 발의 신용란이 적선을 가르는 순간, 화염에 휩싸여있던 키리하라의 배가 폭발했다. 불이 붙은 수십, 수백 개의 파편이 사방으로 날았다.

당연히 그 파편 중 일부는 송희립의 배를 덮쳤다.

"으아악!"

난간에 서있던 갑판병 몇 명이 파편에 맞아 비명을 질렀다. 다른 병사들이 갑판병 몸에 붙은 불을 끄느라 정신없었다.

으드득!

이를 간 송희립은 다시 소리쳤다.

"한 번 더 쏴라!"

포술장은 시키는 대로 두 번째 포격을 가했다.

쾅쾅쾅!

폭음이 연달아 울리며 지긋지긋할 정도로 버티던 키리하라의 배가 마침내 가라앉기 시작했다. 신용란 한 발로 박살나는 배가 있는가하면 10여 발을 맞아도 버티는 배가 있었다.

전투를 이기기 위해선 실력이 가장 중요하지만 운 역시 그 못지않게 중요했다. 화염을 뿜어내며 뜨겁게 따오르던 키리하라의 배가 사라지는 순간, 육중한 적선이 곧장 달려들었다.

도도 다카토라가 지휘하는 거대한 아타케부네였다.

송희립의 입에서 절로 욕설이 튀어나왔다.

"염병할!"

그 순간, 도도 다카토라의 아타케부네가 파편만 남은 키리하라 배의 흔적을 돌파해 송희립의 판옥선을 곧장 덮쳐왔다.

4장. 피로 물드는 바다

4장. 피로 물드는 바다

꽈앙!

엄청난 충격과 함께 송희립은 뒤로 날아가 뱃전을 한 바퀴 굴렀다. 충격으로 철모 끝이 떨어졌는지 머리가 시원했다.

벌떡 일어난 송희립은 세상이 빙빙 도는 느낌을 받았다. 속이 메슥거려 입을 급히 틀어막았다. 2, 3초 지난 후에 정신이 돌아와 주위를 둘러보니 아비규환이 따로 없었다. 도도 다카토라의 아타케부네가 들이박은 좌현의 피해가 심각했다.

좌현 난간은 완전히 부서져있었으며 좌현 포안에 있던 대룡포 일곱 문이 사방으로 날아가 일부는 뱃전 바닥에 구명을, 일부는 포병과 갑판병을 덮쳐 비명과 고함소리가 가득했다.

끼익!

선체가 뒤틀리는 소리가 들리더니 배가 우현으로 넘어가기 시작했다. 송희립은 기울어지는 선체를 기어 올라가 주변을 둘러보았다. 송희립의 판옥선을 들이받은 도도 다카토라의 아타케부네 역시 튕겨나갔다가 파도와 싸우는 중이었다.

판옥선이 이런 피해라면 아타케부네 역시 적지 않은 피해를 입었을 게 분명했다. 도도 다카토라가 기함으로 사용하는 아타케부네가 다른 전선보다 훨씬 크기는 하지만 첨저선과 평저선, 그리고 삼나무와 소나무의 차이는 생각보다 컸다. 한데 기우뚱하던 도도 다카토라의 아타케부네는 균형을 잡기 위해 애쓰다가 어느 순간, 앞으로 달리기 시작했다.

천운으로 충돌 충격을 버틴 것이다.

"아!"

탄식한 송희립은 입술을 깨물었다.

이번에는 운이 적에게 손을 들어주었다. 도도 다카토라가 지휘하는 아타케부네의 목표는 명확해보였다. 키리하라의 옥쇄를 피해 동쪽으로 이동한 이순신의 대장선이 목표였다.

그 사이, 송희립의 전선은 이미 재기불능 상태로 침몰 직전에 놓여 있었다. 갑판장은 판옥선 뱃전에 있는 사후선 두 척을 바다로 던졌다. 그리곤 그 사후선을 구명정으로 삼았다.

"서둘러라! 침몰하기 전에 퇴함해야한다!"

송희립은 퇴함을 지시하며 이순신이 있는 대장선 주위를 살폈다. 아군이 가까이 있다면 송희립이 방금 한 것처럼 대신 충돌해 대장선이 도망칠 시간을 버는 게 가능했다. 그러나 대장선은 이미 대열을 이탈한 뒤라 근처에 아군이 없었다.

이는 대장선이 자체적으로 도도 다카토라의 아타케부네를 상대해야한다는 말이었다. 대장선이 위기에 처한 모습을 본 다른 전선들이 급히 노를 젓기 시작했으나 거리가 멀었다.

대장선은 다른 전선과 마찬가지로 자체 무장이 두 개였다. 하나는 대룡포를 이용한 함포 공격, 그리고 다른 하나는 갑판병이 사격하는 용아였다. 그러나 도도 다카토라의 아타케부네가 선수로 비스듬히 접근하는 바람에 함포를 쏠 각이 나오지 않았다. 대장선의 갑판병은 즉시 용아로 공격했다.

그러나 거리가 가까워 도도 다카토라의 아타케부네 역시 조총으로 반격이 가능했다. 곧 두 전선 사이에 탄환이 빗발치듯 교차하며 상대방을 한발 먼저 쓰러트리기 위해 애썼다.

조총의 수는 도도 다카토라 쪽이 많은 반면에 연사속도는 용아를 든 대장선 갑판병이 우세했다. 처음에는 조총의 일제사격에 대장선 갑판병이 밀리는 듯 보였으나 난간에 철 방패를 올려 조총 탄환을 막아내니 대장선이 승기를 잡았다.

조총을 든 왜군 병사들이 피를 뿜으며 넘어갔다. 갈색이던 아타케부네 난간과 선체가 검붉은 색으로 물들기 시작했다.

그러나 애초에 도도 다카토라는 조총으로 대장선을 제압할 생각이 없었는지 거리를 좁히는 데에만 집중했다. 설령 아타케부네에 있는 전 병력이 죽더라도 상관없는 게 분명했다.

도도 다카토라의 집념은 결국 성공을 거두었다.

콰앙!

아타케부네가 선수로 대장선의 선수 옆을 비스듬히 들이받았다. 쾅 하는 소리와 함께 대장선은 옆으로 살짝 돌아갔다. 반면, 아타케부네는 눈에 보일 만큼 충격을 받아 밀려났다. 교통사고로 치면 소형차가 트럭을 받은 형상이었다.

초조한 눈으로 두 전선의 충돌을 지켜보던 조선 수군은 환호성을 질렀다. 아타케부네가 대장선과 충돌해 저런 충격을 받았다면 균형을 잡기 어려울 게 분명했다. 그러나 조선 수군은 도도 다카토라의 집념을 너무 경시한 감이 있었다.

도도 다카토라는 이미 옥쇄를 각오한 상태인지라, 균형을 잡기 보단 오히려 더 공세적으로 나왔다. 아타케부네 뱃전에서 밧줄이 달린 날카로운 갈고리 수십 개가 허공을 가르며 날아와 멀어지는 대장선의 좌현에 소나기처럼 쏟아졌다.

비명을 지른 대장선 갑판장이 급히 지시를 내렸다.

"갈고리를 먼저 치워내라! 놈들이 배를 넘어오려 한다!"

갑판병들이 달려가 좌현 난간에 걸리는 갈고리를 치워내려 하였다. 그러나 월척을 문 낚싯바늘처럼 난간을 이루는 단단한 송판에 박힌 갈고리는 인력으로 뽑아내기 어려웠다.

"도, 도끼를 가져와라! 난간을 부숴야한다!"

갑판장의 명령에 병사들은 다시 도끼를 가져와 난간에 내리쳤다. 그러나 그때는 이미 시간이 많이 흐른 상태였다. 갈고리를 묶은 밧줄이 팽팽해지기 시작했다. 갑판장의 시선이 갈고리를 지나 밧줄로, 그리고 밧줄을 지나 아타케부네의 난간으로 향했다. 왜군 수십 명이 밧줄을 당기는 중이었다.

육지에선 불가능한 일이었다. 수십 명이 수십 톤에 이르는 거대한 판옥선을 끌어당기는 것은 계란으로 바위 치는 격이었다. 그러나 바다는 달랐다. 바다는 부력이란 게 존재했다. 그리고 그 부력은 수십 톤의 물체를 인력으로 통제가 가능하게 만들어주었다. 지금 벌어지는 상황이 그 증거였다.

밧줄이 팽팽하게 당겨질 때마다 대장선과 아타케부네의 거리가 점점 좁혀들었다. 갑판병은 밧줄을 당기는 왜군을 용아로 조준해 맞추거나, 아니면 도끼로 밧줄을 끊기 시작했다.

타닥!

도끼를 내려치는 순간, 밧줄을 당기던 왜군 10여 명이 뒤로 넘어갔다. 밧줄이 끊어지는 속도가 점점 빨라졌다. 그러나 간격 역시 같이 줄어들었다. 그리고 어느 시점에 이르러선 밧줄을 더 당기지 않았다. 당길 필요가 없어진 것이다.

시커먼 그림자가 난간 위를 덮쳤다. 그림자의 형태는 긴 직사각형이었는데 길이는 5미터, 넓이는 거의 2미터에 이르렀다.

대장선 뱃전을 지키던 갑판병들의 시선이 갑자기 나타난 그림자에 못 박히는 순간, 햇볕을 정면으로 받던 그림자가 갑자기 나무로 만든 다리로 변해 대장선 난간에 떨어졌다.

콰앙!

다리가 난간 위에 떨어질 때 그 밑에 있던 갑판병 하나가 깔려 피를 뿌리며 나가 떨어졌다. 몸이 굳어 미처 피하지 못한 것이다. 황급히 물러선 다른 갑판병들의 시선이 다리 너머로 향하는 순간, 단창을 쥔 왜군이 다리를 건너왔다.

"용아로 막아라! 놈들이 들어오게 해선 안 된다!"

소리친 갑판장은 장전한 용아로 달려오는 왜군을 쏘았다. 탕하는 총성이 울리기 무섭게 왜군이 허우적거리며 다리 밑으로 떨어졌다. 갑판장의 행동을 본 갑판병들 역시 다리를 건너려는 적에게 용아를 쏘며 대장선을 사수하려 하였다. 다리를 건너던 왜군 10여 명이 붉은 피를 뿌리며 쓰러졌다.

"재장전!"

고함을 지른 갑판장은 탄입대를 열어 새 탄환을 꺼냈다. 그리곤 약실에 들어있는 빈 탄피를 꺼내기 무섭게 새 탄환을 장전했다. 철컥하는 소리가 들리며 약실 폐쇄돌기가 돌아갔다.

그대로 용아를 상단으로 올려 정면을 겨눈 갑판장은 다리 위로 올라서는 사무라이 복장의 적군에게 탄환을 발사했다.

사무라이의 상체가 뒤로 젖혀지는 모습이 보였다.

갑판장은 당연히 그가 쓰러졌을 거라 생각해 시선을 밑으로 내렸다. 그리곤 재장전이라 외치며 새 탄환을 꺼내려 하였다.

"갑, 갑판장님!"

부하의 비명소리에 고개를 든 갑판장은 방금 그가 쏘았던 사무라이가 다리를 건너오는 모습을 보았다. 허공에 욕을 쏟아낸 갑판장은 부하의 용아를 뺏더니 바로 방아쇠를 당겼다.

가슴에 또 한 방을 맞은 사무라이가 뒤로 크게 휘청했다. 그러나 그게 끝이었다. 그는 다시 다리를 건너오기 시작했다.

"쏴라!"

갑판장의 지시에 장전을 마친 갑판병 두 명이 용아의 방아쇠를 동시에 당겼다. 사무라이가 입은 가슴 갑옷에 구멍 두 개가 더 뚫렸다. 비틀거리며 걷던 사무라이가 피를 뿜어내며 앞으로 쓰러졌다. 조선 수군은 사무라이를 저지하는데 성공을 거뒀지만 적의 사기를 높이는 결과 역시 불러왔다.

이번에는 도도군 두 명이 어깨를 나란히 한 채 다리를 건너왔다. 갑판병이 발사한 용아의 탄환이 빗발치듯 다리 위를 가른 후에는 도도군 두 명이 허우적거리며 밑으로 떨어졌다.

그 다음에는 세 명이었다. 그리고 이번에는 다른 점이 하나가 더 있었다. 세 명 중 한 명이 살아서 다리를 건넌 것이다.

다리를 건넌 도도군이 물러서는 조선 수군에게 왜도를 휘둘러왔다. 왼 팔을 베인 조선 수군은 비명을 지르며 쓰러졌다.

그러나 도도군 역시 무사하지 못했다. 양쪽에서 날아든 총검에 옆구리를 깊이 찔려 무릎을 꿇었다. 갑판장은 용아의 개머리판을 세워 도도군의 얼굴에 내리찍었다. 용아의 개머리판은 가장 단단한 나무 중 하나인 호두나무로 만들어 거기에 얼굴을 찍힌 도도군은 엉망으로 변해 철푸덕 쓰러졌다.

"갑판장님, 저기!"

부하의 비명을 들은 갑판장은 고개를 왜선 쪽으로 급히 돌렸다.

그 순간, 난간을 따라 일제히 늘어선 조총병이 조총을 쏘기 시작했다. 납으로 만든 탄환이 방패에 박히며 불꽃이 튀었다.

그리고 그와 동시에 왜군이 줄지어 다리를 건너오기 시작했다.

갑판병은 전력을 다해 건너오는 왜군을 저지하려 했으나 조총병의 엄호사격이 이어지는 바람에 다리 사수에 실패했다.

전황은 삽시간에 난전으로 이어졌다.

대장선에 처음 뛰어든 도도군의 숫자는 세 명에 불과했다. 그러나 세 명은 곧 새끼를 치듯 열 명으로 불어났으며 10여 분이 지난 후에는 그 열 명이 수십 명으로 불어나버렸다.

한여름 소낙비에 제방이 터진 듯했다. 갑판장과 갑판병들이 처리하기엔 힘든 상황이었다. 백병전의 지휘는 곧 통제영 대장선을 책임지는 함장 우치적(禹致績)의 몫으로 돌아갔다.

통제영 대장선에는 두 명의 지휘관이 탑승했다.

한 명은 당연히 대장선의 주인인 삼도수군통제사 이순신이었다. 이순신은 이 대장선에 탑승해 삼도수군을 지휘했다.

그리고 다른 한 명은 대장선을 지휘하는 우치적이었다. 통제사가 대장선을 신경 쓰다가는 정작 중요한 지휘를 하지 못하는 경우가 생길 수 있어 대장선의 일은 우치적에게 맡겼다.

우치적은 가장 먼저 적선으로 뛰어들 만큼 용맹한 장수였다. 지금 역시 마찬가지였다. 대장선으로 뛰어든 왜군을 향해 가장 먼저 달려들었는데 손에는 전투용 도끼가 들려 있었다.

우치적은 옛날 사람이었다. 그래서 용아보다는 몸과 몸이, 그리고 무기와 무기가 직접 부딪치는 싸움을 훨씬 더 즐겼다.

백병전을 더 즐기는 이유는 그가 용력에 자신이 있던 덕분이었다. 그는 자신의 도끼를 막아내는 적을 평생 본 적이 없었다. 그런 이유로 지금 역시 겁 없이 앞으로 달려가 눈앞에 있는 왜군 머리 위에 두 손에 쥔 도끼를 내리찍었다.

콰직!

왜군은 장식이 화려한 투구를 착용한 상태였지만 우치적이 전력을 다한 도끼에 움푹 파이며 정수리 위로 피가 솟았다.

비틀거리는 왜군을 걷어찬 우치적은 돌아서며 도끼를 크게 휘둘렀다. 근처에 있던 왜군 두 명이 도끼에 가슴과 옆구리를 베여 쓰러졌다. 힘이 얼마나 센지 태풍에 휘말린 사람들처럼 한 뭉텅이로 변하더니 대장선 난간 밖으로 떨어졌다.

"다리를 부셔라!"

부하들에게 지시를 내린 우치적은 다리를 향해 달려가며 막아서는 모든 것을 도끼로 찍어갔다. 사무라이가 휘두른 왜도가 날카로운 소성을 내며 우치적의 가슴을 베어왔으나 우치적은 귀찮다는 표정으로 도끼를 휘둘러 왜도를 막았다.

사무라이는 체구가 아주 작아 정수리가 우치적의 가슴에 미치지 못했다. 반면, 우치적은 신장이 월등히 큰데다 몸이 앞뒤, 그리고 양 옆으로 퍼져 있어 마치 술독처럼 보였다.

그런 사람이 휘두르는 도끼는 평범한 수준이 아니었다. 왜도를 막은 우치적은 도끼를 높이 들어 올렸다가 힘껏 내리쳤다.

사무라이는 급히 왜도를 위로 올려 도끼를 막으려 하였으나 우치적의 도끼는 왜도를 부수며 내려가 얼굴에 틀어박혔다.

도끼를 뽑은 우치적은 뒤로 한 걸음 물러서며 상체를 뒤로 젖혔다. 도도군이 찌른 단창이 얼굴이 있던 곳을 지나 갔다.

몸을 비틀어 옆으로 나온 우치적은 단창을 쥔 도도군의 팔에 도끼를 내리쳤다. 소름끼치는 소리가 들려오더니 창을 쥔 도도군의 오른 팔뚝이 바닥에 떨어져 갓 잡은 물고기처럼 팔딱거렸다. 우치적은 왼손으로 비명을 지르는 도도군의 멱살을 잡아 난간으로 밀어냈다. 그리곤 힘을 주어 밀었다.

떠밀린 도도군이 허우적거리며 거센 파도가 출렁이는 시커먼 바다 속으로 떨어졌다. 우치적이 지휘하는 함대 병력은 대장선에 뛰어든 도도군을 차례차례 쓰러트리며 다리로 접근했다. 우치적을 막을 수 있는 사람이 왜군엔 있지 않았다.

우치적이 도끼로 난간을 후려 패니 나무 조각이 튀며 단단히 걸려 있던 다리가 밑으로 축 내려왔다. 우치적은 다시 도끼를 휘둘러 다리가 걸려있는 난간을 마저 부수려하였다.

그때였다.

쿵쿵하는 소리가 들려오더니 덩치가 산만한 도도군 하나가 우치적에게 몸을 날려 왔다. 우치적은 황급히 피하며 다시 균형을 잡았는데 그 사이 왜도를 든 그 도도군이 달려들어 왜도를 사선으로 내리쳤다. 힘이 얼마나 센지 왜도가 순간, 미인의 눈썹모양처럼 휘어지며 살벌한 파공음을 내었다.

우치적은 바닥에 디딘 두 다리에 힘을 잔뜩 주었다. 그리곤 도끼의 자루를 두 손으로 잡아 도도군의 왜도를 막아갔다.

카앙!

불꽃이 튀며 도끼와 왜도가 동시에 옆으로 밀려났다. 우치적은 도끼를 회수하려했으나 도도군의 힘이 만만치 않아 밀려난 상태로 꿈쩍하지 않았다. 머리를 박박 깎은 도도군은 히죽 웃더니 왜도를 놓았다. 그리곤 주먹으로 얼굴을 쳐왔다.

우치적은 전투가 아니라, 싸움질에 이골이 난 사람이었다. 아주 어렸을 때부터 무과에 급제하기 직전까지 뒷골목을 쏘다니며 상대가 누구든 걸어오는 싸움은 절대 피하지 않았다.

우치적은 도도군의 주먹을 보았다. 솥뚜껑 같았다. 제대로 맞으면 졸도할 게 분명했다. 그때, 우치적의 본능이 먼저 움직였다. 우치적은 머리를 숙이더니 오히려 도도군의 주먹으로 몸을 날렸다. 퍽하는 소리가 울리며 도도군의 주먹이 벌겋게 변해 부어오르기 시작했다. 뼈를 다친 게 분명했다.

수십 개의 작은 뼈들로 이루어진 손은 생각보다 아주 연약하다. 그래서 지금처럼 잘못 때리면 공격자가 피해를 입는다.

우치적의 이마 역시 푸르뎅뎅한 색으로 변했으나 졸도는 다행히 면했다. 상대의 주먹이 당도하기 전에 먼저 달려들어 거리를 좁힌 것이 통한 것이다. 먼저 균형을 잡은 우치적은 갈고리 같은 손으로 도도군의 어깨를 틀어쥐었다. 마치 독수리가 먹이를 틀어쥐듯 빈틈이 없었다. 그런 다음, 상대의 주먹을 박살낸 이마를 다시 한 번 적의 얼굴에 찍어갔다.

콰직!

코뼈가 부러지며 피가 분수처럼 쏟아졌다. 우치적은 그 사이 도끼를 빼내 나무를 베듯 비틀거리는 도도군의 목에 찍었다. 도끼에 실린 힘이 엄청나 도도군의 수급이 잘려나갔다.

"와아아!"

그 모습을 지켜본 우치적의 부하들이 환호성을 질렀다.

도도군의 거한을 처리하니 다리를 막은 적이 더 이상 보이지 않았다. 우치적은 부하에게 다리를 지탱하는 난간을 마저 부수게 하였다. 다리가 무거워 치워낼 방법이 없다면, 다리가 걸쳐져 있는 난간을 빨리 부수는 게 가장 좋았다.

다리를 받치던 축 하나가 분주한 도끼질에 조각나려는 찰나.

도도군 10여 명이 빠른 걸음으로 다리를 건너왔다.

용아로 몇 명을 맞추긴 했지만 7, 8명이 단숨에 다리를 건너와 조선 수군을 몰아붙이기 시작했다. 우치적은 다소 긴장한 얼굴로 부하들을 지휘하며 도도군의 파상공세를 막아냈다.

이번에 넘어온 상대들은 만만치 않은 자들이 분명했다. 다들 화려한 갑옷을 입었으며 실력 역시 지금까지 상대한 적들과 차원이 달랐다. 도도군 중 한 명이 우치적을 향해 곧장 달려왔다. 수군 몇 사람이 앞을 막았으나 당해내지 못했다.

"내가 상대하마!"

소리친 우치적은 앞으로 달려가 그를 상대했다.

체구는 우치적보다 작았으나 가슴이 두툼한 게 힘이 대단한 자로 보였다. 그의 예상이 맞았다. 1합을 겨루는 순간, 손목에 묵직한 통증이 전해지며 하마터면 도끼를 놓칠 뻔했다.

상대 역시 조금 놀랐는지 왜국말로 뭐라 소리치다가 다시 왜도를 휘두르며 덮쳐왔다. 칼바람소리가 요란하게 울렸다.

우치적은 물러서며 도끼로 상대의 왜도를 막았다.

캉!

불꽃이 이는 순간, 견디지 못한 우치적이 먼저 한 발 물러섰다.

가벼운 무기와 무거운 무기가 정면으로 부딪치면 당연히 무거운 무기가 이겼다. 대신, 가벼운 무기는 속도가 빠르다는 게 가진 장점이었는데 정면으로 부딪쳤음에도 왜 도가 밀리기는커녕, 오히려 우치적의 도끼를 찍어 누르기 시작했다.

이름은 모르지만 한가락 하는 자가 분명했다.

"아앗!"

우치적은 젖 먹던 힘까지 전부 쥐어짜내 상대를 몰아쳐 갔다.

상투적인 비유가 아니라 정말 온 힘을 다한 공격이었다.

얼마나 힘을 주었는지 어금니가 흔들리며 입 안에 피 냄새가 퍼졌다. 그리고 불거진 힘줄은 당장 튀어나올 듯 보였다.

캉!

우치적의 천생신력은 대단하기 짝이 없어 상대 역시 처음처럼 찍어 누르진 못했다. 그러나 우치적 또한 상대를 단칼에 쓰러트리기는 어려운지라, 승부는 점차 장기전으로 흘렀다.

우치적이 도도군 가신에게 붙잡혀 있는 사이.

다리를 건너온 다른 도도군들은 이순신이 있는 장대를 향해 달려갔다. 용아의 총성이 울리며 몇 사람이 도중에 쓰러졌지만 네 명의 도도군이 살아남아 장대 계단 앞에 도착했다.

계단을 맡은 호위병은 착검한 용아를 눕혀 그 중 한 명을 찔러갔다. 힘이 실린 공격이었다. 피하기에 늦었다는 생각을 했는지 공격을 받은 도도군이 갑자기 앞으로 몸을 날렸다.

푹!

총검이 가슴을 관통했다.

상대의 예상치 못한 행동에 호위병이 당황하는 순간, 가슴을 찔린 도도군이 호위병의 허리를 끌어안으며 뒤로 쓰러졌다.

우당당쿵쾅!

한 뭉텅이로 변해 계단을 구른 두 사람은 쉽게 일어서지 못했다. 그 틈을 이용해 다른 세 명이 계단을 뛰어올라갔다.

이제 이순신과 그들의 거리는 1미터에 불과했다.

왜도를 휘두르면 이순신을 베는 게 가능한 거리였다.

이순신 뒤에 있던 호위병 두 명이 앞으로 나와 용아를 쏘았다.

빗나가거나, 아니면 관통할 경우 뱃전의 아군이 당할 위험이 있었지만 지금은 부수적인 피해를 걱정할 때가 아니었다.

탕탕!

용아의 총성이 울리는 순간.

한 명은 용아의 탄환을 가슴에 맞아 쓰러졌으나 다른 두 명은 앞으로 계속 달려가 왜도를 빠르게 휘둘렀다. 솜씨가 전광석화처럼 빨라 호위병 두 명은 피를 뿌리며 비틀거렸다.

이순신을 호위하는 호위병은 수군 최고의 정예들이었다. 그런 병사들이 단숨에 쓰러질 만큼 적의 솜씨가 예사롭지 않았다.

창!

의자에 앉아있던 이순신은 허리춤에 있던 보검을 뽑아들었다. 이혼이 이순신에게 군령권을 주며 하사한 보검으로, 칼날 위에 종이를 떨어트리면 그대로 잘릴 만큼 날카로웠다.

침착한 표정의 이순신은 장대를 습격한 두 왜군을 번갈아 쳐다보았다. 그러다가 그 중 한 명의 얼굴에 시선이 멈췄다. 마흔 안팎으로 보이는 왜장이었는데 눈빛이 범상치 않았다. 핏발이 잔뜩 선 눈으로 이순신의 얼굴을 응시하고 있었다.

"네가 도도 다카토라인가?"

이순신의 질문을 옆에 있던 역관이 통역했다.

통역을 들은 그 왜장은 무거운 표정으로 고개를 끄덕여 보였다.

"나를 죽이러 왔는가?"

이순신의 담담한 질문에 도도 다카토라의 볼이 씰룩거렸다.

이순신은 다시 물었다.

"아니면 조선의 강토를 짓밟은 벌을 받으러 왔는가?"

굳게 닫혀있던 도도 다카토라의 입이 마침내 열렸다.

역관은 다시 도도 다카토라의 대답을 이순신에게 통역했다.

"네놈들이 태합전하의 지시대로 명으로 가는 길만 열어주었으면 본국과 너희 조선은 화기를 상하는 일이 없었을 것이다!"

고개를 저은 이순신은 냉엄한 표정으로 꾸짖었다.

"어리석기 짝이 없구나. 네 놈은 우리가 그 말을 따를 거라 생각했더냐? 적군이 지나가기 위해 길을 열어줄 나라가 세상천지에 어디 있단 말이냐? 바보 같은 변명은 그만두어라."

이순신 옆에 서있던 역관이 빠른 속도로 통역했다.

통역을 듣던 도도 다카토라의 표정이 시시각각 변했다.

그러나 도도 다카토라가 위험을 무릅쓴 채 이순신의 대장선에 침입한 이유는 훈계를 듣기 위해서가 아니었다. 어차피 가망이 없다는 이유가 가장 컸지만 그래도 적장을 죽여 비명 속에 죽어간 부하들의 원혼이라도 달래볼 생각이었다.

도도 다카토라가 손에 쥔 왜도를 중단으로 올렸다.

그 순간, 이순신 뒤에 있던 호위병 다섯 명이 앞으로 나왔다.

도도 다카토라가 이순신에게 바로 달려들지 못한 이유가 거기에 있었다. 이순신 뒤에 서있던 호위병 다섯 명은 장전한 용아로 도도 다카토라와 그의 가신 우와지마를 겨누었다.

우와지마가 황급히 주군 도도 다카토라의 앞을 막아서며 흉맹한 눈빛으로 이순신을 노려보았다. 눈빛으로 누군가를 죽일 수 있다면 이순신은 그에게 수십 번 죽었을 것이다.

"물러나라."

이순신은 손짓으로 호위병을 뒤로 물렸다. 잠시 고민하던 호위병들은 하는 수 없이 한 발 뒤로 물러섰다. 그러나 손에 쥔 용아로는 우와지마와 도도 다카토라를 계속 겨누었다.

이순신은 고개를 돌려 북쪽 전장에 보았다.

통제영 소속 중군과 좌군, 우군이 대장선으로 모여드는 중이었다. 이순신의 대장선이 도도 다카토라와 전투 중이라는 소식이 전해진 이유도 있었지만 더 큰 이유는 전투가 거의 끝나간다는 점에 있었다. 조선 수군은 대승을 거뒀다. 바다 여기저기서 검은 연기를 피워 올리며 침몰했거나, 아니면 침몰중인 전선과 수송선은 모두 왜국 수군이 가진 배였다.

고개를 돌린 이순신은 물처럼 고요한 신색으로 물었다.

"우에스기가 도망친 것인가?"

우와지마의 팔을 당겨 물러서게 한 도도 다카토라가 물었다.

"그게 무슨 말이냐?"

"내 주상전하께 듣기론 너와 우에스기 두 놈만 목숨을 건져 부산포를 도망쳤다더군. 한데 우에스기란 놈이 보이지 않으니 그 놈이 다른 곳에서 도망쳤다는 결론이 나오는 셈이지."

도도 다카토라는 고개를 돌려 뒤를 힐끔 보았다.

갑판에 쳐들어온 부하들은 이미 죽거나, 생포당한 상황이었다.

그가 지휘하던 아타케부네 역시 조선 수군에 점령당했는지 돛대 위에 걸려있던 그의 군기가 바닥에 떨어져 굴러다녔다.

우치적을 상대하라고 보낸 모라타 역시 차가운 시신으로 변해 누워있었다. 모라타는 도도군 제일의 역사로 힘으로 이길 자가 없으리라 생각했는데 조선에 괴물이 있는 듯했다.

흥분과 살기로 뒤덮여있던 도도 다카토라의 얼굴이 편하게 바뀌었다. 틀렸다는 것을 아는 순간, 미련이 함께 사라졌다.

도도 다카토라는 고개를 돌려 이순신을 물끄러미 응시했다.

이순신의 신색은 여전히 담담해 무슨 생각을 하는지 알 길이 없었다. 도도 다카토라는 솔직히 그의 배포에 감탄을 금치 못했다. 아무리 유리한 상황이어도 자신을 죽이러온 자가 눈앞에 있는데 저런 신색을 유지하기는 정말 쉽지 않았다.

도도 다카토라가 물었다.

"우에스기가 도중에 죽었을지도 모르는 게 아닌가?"

이순신은 고개를 저었다.

"얼마 전에 올라온 보고에 의하면 우에스기가문의 군기를 단 왜국 전선 10여 척이 급히 북쪽으로 도망치는 중이라더군."

"흐음."

"주위를 찬찬히 둘러보게. 자네가 나를 상대로 분전한

덕분에 조선 수군 대부분이 이쪽으로 몰려오는 중이라네. 그렇다면 자연히 북쪽 해역에 대한 방비는 약해져있을 게 아닌가?"

도도 다카토라는 시키는 대로 주위를 둘러보았다.

이순신의 말 대로였다.

50여 척에 이르는 통제영 함대 전선 대부분이 이곳에 있었다.

그렇다면 북쪽방향은 비어있다는 말이었다.

북쪽이라 해서 다 부산포는 아니었다.

부산포와 이곳 사이에 틈이 있을 테니 왼쪽, 오른쪽 상관없이 빠져나갈 길이 있다는 말이었다. 이순신의 말에 따르면 도도군과 떨어진 우에스기군은 그 틈을 찾아 도망친 게 분명했다. 더구나 이순신은 그에게 거짓말할 이유가 없었다.

도도 다카토라의 눈꼬리가 파르르 떨렸다.

그제야 우에스기 카게카츠의 의도를 알아챈 것이다.

"나를, 이 도도를 미끼로 삼았단 말인가?"

"그렇다네. 자네의 활약이 저들에게 큰 도움을 준 셈이지. 근처 해역에 있는 모든 전선이 자네를 주시할 테니 그들은 빠져나가기 더 쉬웠을 것이네. 일은 그렇게 이뤄진 것이네."

그 순간, 도도 다카토라는 흠칫했다.

그는 원래 우둔한 자가 아니었다. 우둔한 자였다면 농민 출신으로 지금의 자리에 오르지 못했을 것이다. 또, 주인을 몇 번이나 바꿔가며 지금까지 목숨을 부지하지 못했을 것이다.

"그런 사실을 알면서도 나를 상대한다는 말은 그에 대한 대비가 있다는 말이군. 그렇겠지. 당신이라면 그럴 수 있을 거야."

말없이 고개를 끄덕이던 이순신은 조용한 음성으로 물었다.

"남길 말이 있는가?"

"좋은 승부였다. 내가 당한 게 대부분이지만 당신과는 좋은 승부를 했어. 당신 말대로 이게 남의 나라를 침략한 죄겠지."

도도 다카토라의 말이 끝나기 무섭게 가신 우와지마가 먼저 왜도를 휘두르며 이순신을 덮쳐갔다. 그러나 칼이 들리는 순간, 날카로운 총성이 들리더니 우와지마가 뒤로 넘어갔다.

즉사였다.

세 발의 탄환이 가슴갑옷에 새빨간 구멍을 뚫었다.

눈을 뜬 채 즉사한 우와지마를 보던 도도 다카토라가 중단으로 올린 칼을 곧장 이순신에게 찔러가며 소리를 질렀다.

"우와지마, 이 도도가 네 복수를 해주겠다!"

그러나 도도 다카토라의 칼 역시 이순신 바로 앞에서 저지 당했다. 양옆으로 다가온 호위병 두 명이 착검한 용아를 서로 교차시켜 도도 다카토라가 휘두른 왜도를 가볍게 막았다.

"그만 죽어라!"

그때, 장대 계단을 올라온 우치적이 도도 다카토라의 정수리에 도끼를 찍었다. 금속성의 물체끼리 강하게 충돌하는 소음이 울리더니 멈칫한 도도 다카토라가 앞으로 쓰러졌다.

그의 머리를 벗어난 화려한 투구가 장대 계단을 굴러 내려가며 시끄러운 소음이 울려 퍼졌다. 도도 다카토라는 절명한 상태였다. 머리카락을 밀어버린 파르스름한 정수리에 도끼의 날이 만든 상처가 있었다. 투구가 도끼의 날을 막아주긴 했지만 그 충격마저 막아내 주지는 못한 것으로 보였다.

이순신은 갑판병에게 대장선에 올라온 왜군의 시신을 바다에 수장하라는 지시를 내렸다. 그리고 통제영 함대 전체에 북쪽으로 올라가며 우에스기군을 수색하란 지시를 내렸다.

해역을 막 떠나려는 순간.

굵은 목소리로 지시를 내리던 우치적이 장대 위로 올라왔다. 도도 다카토라 등이 흘린 피로 장대 계단이 지저분해져있었는데 갑판병 몇 명이 물걸레로 바삐 닦아내는 중이었다.

우치적은 갑판병을 요리조리 피해가며 올라와 물었다.

"적장이 몰고 온 적선은 어찌할까요?"

"병사들을 몇 붙여 부산포로 가져가게. 전시용으로 쓰던, 연구용으로 쓰던, 아니면 땔감으로 쓰던 나중에 쓸모가 있겠지."

"알겠습니다."

대답한 우치적은 다시 갑판병을 요리조리 피해가며 내려갔다.

도도 다카토라가 죽은 시점으로부터 정확히 1시간 후.

통제영은 다시 북쪽해역으로 올라가 전장에 남아있는, 그리고 저항하는 왜군 전선과 잔병들을 마저 처리하기 시작했다.

우치적이 장대를 내려온 이순신 옆으로 걸어와 물었다.

"조카분이 위험해 보이는데 저쪽 먼저 치는 게 어떻겠습니까?"

우치적의 질문을 받은 이순신은 망원경을 들어 전방을 살폈다.

돌격함대를 지휘하던 조카 이완이 가라앉기 직전으로 보이는 거북선을 방패삼아 왜군의 분노를 홀로 견디는 중이었다.

왜군은 이번 패전의 원흉으로 돌격함대를 생각하는 듯했다.

사실, 그 말이 어느 정돈 맞았다.

돌격함대가 왜군 주력함대를 돌파해 진형을 흩트러놓지 않았으면 그들은 이처럼 쉽게 패하지 않았을지 몰랐다. 돌격함대 열 척의 거북선 중 가장 큰 피해를 입혔던 이완의 기함이 홀로 떨어져 나오는 순간, 그들의 운명은 정해져있었다.

살아남은 왜군의 분노가 이완의 기함에 모여들었다.

우치적의 말대로 이완의 기함은 아주 위험해보였다.

가라앉거나, 아니면 왜군에게 점령당하던지 둘 중 하나였다.

그러나 이순신은 고개를 저었다.

"그는 지금 내 조카가 아니라, 돌격함대를 지휘하는 제독일세."

"하지만……."

"남쪽부터 차근차근 올라가게."

"알겠습니다."

통제영 함대는 이순신의 명에 따라 남쪽부터 저항하는 왜국 전선을 격파하며 올라갔다. 함대가 이완의 기함 가까이 이르렀을 무렵, 이완은 피가 잔뜩 묻은 얼굴로 마중 나왔다.

대장선에 오른 이완을 보며 이순신이 물었다.

"다쳤느냐?"

"가벼운 상처입니다."

"그럼 가서 쉬어라. 애썼다."

그 말이 끝이었다. 그러나 이완은 공손한 얼굴로 고개를 숙이더니 살아남은 부하들과 다른 배로 옮겨가 휴식을 취했다.

이완과 이완의 부하들이 퇴함을 마친 후.

마치 기다렸다는 듯 여기 저기 구멍이 뚫려 있던 돌격함대 기함이 그 수명을 다했는지 바다 속으로 가라앉기 시작했다.

이순신은 장대 밑으로 내려와 망원경으로 해역을 살펴보았다.

포성과 용아의 총성이 간헐적으로 들려왔다.

그러나 1시간 전에 비하면 없는 거나 마찬가지인 수준이었다.

이순신은 옆으로 다가온 우치적에게 물었다.

"정리하는데 얼마나 걸릴 것 같은가?"

"중군, 우군, 좌군이 보낸 전갈에 따르면 곧 끝날 것 같습니다."

"서두르게. 날이 지기 전에 끝내야하네. 날이 어두워지면 몰래 빠져나가는 적이 분명 생길 걸세. 그렇다면 우리가 나중에 무슨 낯으로 용감히 싸운 육군의 얼굴을 볼 수 있겠는가."

우치적 역시 육군에게 지고 싶은 마음은 전혀 없었다.

"예, 대감."

대답한 우치적은 중군 우후 김완 등에게 이순신의 명을 전했다.

그 시각, 북쪽으로 도망친 우에스기 카게카츠는 하늘을 힐끔 보았다. 서쪽에 붉은 노을이 지기 시작했다. 밤은 그들이 지금 가진 유일한 친구였다. 밤은 유일한 구명 밧줄이었다.

그들에겐 한 가지 이점 밖에 없었다.

바다가 인간의 예상이나, 상상보다 훨씬 더 넓다는 점이었다.

그래서 항해중인 전선 10척을 찾는 일은 생각보다 어려웠다.

그러나 밤이 찾아오면 이점이 하나 더 늘었다.

바로 밤과 함께 찾아온 어둠이 적의 추격을 막아주는 것이다.

우에스기 카게카츠는 함교에 올라가 주위를 둘러보았다.

사방이 훤하게 뚫려 있었다.

어느 방향을 보더라도 푸른 파도와 하얀 포말 밖에 없었다.

우에스기 카게카츠는 시선을 돌려 나오에 가네쓰구를 찾았다.

나오에 가네쓰구는 선원들과 항로를 찾는 중이었다.

그런 나오에를 보며 우에스기 카게카츠는 고개를 끄덕였다.

이번에 나오에 가네쓰구의 신세를 톡톡히 졌다.

물론, 나오에 가네쓰구의 신세를 진 게 이번이 처음은 아니었지만 어쨌든 위기의 순간에 그를 구해준 것은 사실이었다.

나오에 가네쓰구는 조선 수군이 도도 다카토라에게 집중하는 사이, 몰래 도주하는 계획을 그에게 헌책(獻策)하였다.

계획이 성공하기 위해선 두 가지 조건이 필요했다.

하나는 당연히 조선 수군이 눈치 채지 못하는 것이다.

한데 이 부분은 무리 없이 넘어갔다.

도도 다카토라가 탈출로를 뚫기 위해 전력을 다한 덕분에 삼면을 포위해왔던 조선 수군은 남쪽 방면에 다시 집결했다.

오히려 시간이 지날수록 남쪽 방면에 집결하는 조선 수군이 늘어났는데 도도 다카토라가 적의 대장을 공격하는 듯했다.

두 번째 조건은 아군임과 동시에 미끼로 삼은 도도군이 그들의 의도를 알지 못해야한다는 거였다. 한데 그 역시 쉽게 넘어갔다. 그들이 도도군과 거리를 벌리는 동안, 도도 다카토라가 전면에 집중하는 바람에 그들은 의도를 들키지 않았다.

도도군을 미끼로 삼아 조선 수군의 포위망을 벗어난 우에스기군 소속 10여 척의 전선과 수송선은 북쪽으로 올라갔다.

우에스기군이 탄 배는 수송선을 합쳐 거의 7, 800척에 이르렀다. 그러나 데려온 배는 그 중 10척에 불과했다. 나머지 전선은 그들이 도망치는 동안, 조선 수군을 막게 놔뒀다.

데려온 10척에는 주로 우에스기군의 가신과 그 가신의 자제로 이뤄진 근위시동들, 그리고 우에스기 카게카츠가 직접 선발해 데려온 요리사와 광대, 화가, 만담꾼 등이 탑승했다. 부하는 버리더라도 요리사와 광대는 데려가는 셈이었다.

선원들과 항로를 계산한 나오에 가네쓰구가 다가왔다.

"이곳에서 동쪽으로 방향을 바꿔 하루쯤 가면 조선 수군이 쫓아오지 못할 거라 합니다. 조선의 배는 먼 바다에선 우리가 소유한 배보다 훨씬 느려 쫓아오지 못할 거라 하는 군요."

"그럼 그렇게 하시오."

우에스기 카게카츠는 나오에 가네쓰구의 말대로 따랐다.

나오에 가네쓰구의 지휘에 따라 우에스기군은 동쪽으로 방향을 바꿔 빠르게 항해하기 시작했다. 처음엔 아주 순조로웠다.

그러나 해가 뉘엿뉘엿 져갈 무렵.

동쪽 방향에 작은 배 한 척이 나타났다.

처음에는 지나가는 어선인 줄 알았다.

그러나 곧 어선은 아닌 것으로 밝혀졌다.

그들을 발견한 배가 선수를 돌려 쏜살같이 도망쳤던 것이다.

5장. 종전(終戰)

5장. 종전(終戰)

얼마 후, 방금 전 보았던 배가 어선이 아니라는 사실이 더 확실하게 밝혀졌다. 마치 고자질한 어린아이처럼 등 뒤에 수십 척의 전선을 대동한 채 다시 모습을 드러냈던 것이다.

우에스기 카게카츠의 눈이 찢어질 듯 커졌다.

나오에 가네쓰구 역시 당황하기는 마찬가지였다.

둘 중 먼저 정신을 차린 사람은 역시 나오에 가네쓰구였다.

"선수를 돌려라! 서쪽으로 간다!"

나오에 가네쓰구의 지시에 우에스기군은 급히 선수를 돌리기 시작했다. 그들이 사용하는 첨저선은 선회에 그리 적합하지 않았다. 평저선의 구조를 가진 판옥선은 거의 제

자리 선회가 가능한 반면, 첨저선은 공간과 시간이 더 필요했다.

선회하는 사이, 두 함대 간의 거리는 1킬로미터로 줄어들었다.

그러나 선회를 마쳤으니 속도는 더 빨리 낼 수 있었다.

우에스기군이 속도를 막 높여 추적해오는 조선 수군을 떨쳐내려는 순간, 서쪽 방향에도 조선 수군이 모습을 드러냈다.

"아!"

탄식한 나오에 가네쓰구가 우에스기 카게카츠를 보았다.

우에스기 카게카츠는 지금 상황을 믿지 못하겠는지 당황한 얼굴로 앞뒤를 포위해오는 조선 수군을 보느라 정신없었다.

나오에 가네쓰구가 우에스기 카게카츠의 팔을 잡았다.

"바다 위에서 싸울 순 없습니다!"

"어떻게 하자는 말이오?"

"우선은 육지로 가야합니다!"

"육지로 말이오?"

"그래야 사무라이답게 최후를 마칠 수 있습니다!"

나오에 가네쓰구의 침착한 말에 우에스기 카게카츠가 물었다.

"정녕 그 방법 외엔 없는 거요?"

나오에 가네쓰구는 비장한 얼굴로 대답했다.

"그렇습니다. 선택할 수 있는 게 죽음 밖에 없을 때는 어떻게 죽는가가 더 중요합니다. 지금은 뭍으로 올라가야합니다."

하늘을 보며 한숨을 쉰 우에스기 카게카츠가 고개를 끄덕였다.

"알겠소."

우에스기 카게카츠의 허락을 받은 나오에 가네쓰구는 항로를 북쪽으로 돌렸다. 남쪽, 동쪽, 서쪽이 막혔다면 차라리 해안에 상륙해 자신 있는 육지에서 끝장을 볼 생각이었다.

살아날 가능성은 없겠지만 지금처럼 익숙하지 않은 수전을 치르다가 손발이 다 묶인 상태로 수장 당하진 않을 것이다.

다시 북쪽으로 선수를 돌린 우에스기군은 속도를 높였다. 첨저선은 평저선보다 속도가 빨라 파도를 가르며 부산포가 있는 북쪽으로 나아갔다. 다행히 적은 추격해오지 않았다.

얼마 후, 부산포인지, 아니면 그 옆 절영도인진 모르겠지만 육지로 보이는 거대한 그림자가 어렴풋이 보이기 시작했다.

"속도를 높여라!"

나오에 가네쓰구가 명을 내리는데 돌연 병사들이 비명을 질렀다. 나오에 가네쓰구는 선수로 달려가 이유를 물어보려 하였다. 그러나 굳이 물어볼 필요가 없었다. 그 역시 방금 전 보았던 거대한 그림자의 정체가 무언지 보았던 것이다.

기대했던 부산포는 아니었다.

그리고 절영도 역시 아니었다.

또, 그 외에 다른 육지 역시 아니었다.

그 정체는 판옥전선 수십 척이 한데 뭉쳐 생긴 그림자였다.

비명은 사방에서 들려왔다.

나오에 가네쓰구는 오래지 않아 동쪽과 서쪽, 그리고 남쪽에 나타난 조선 수군을 알아볼 수 있었다. 북쪽방향에 나타난 전선을 합치면 동서남북 네 방향이 모두 막힌 셈이었다.

나오에 가네쓰구는 하늘을 보았다.

조선의 여름은 그들의 생각보다 훨씬 긴 모양이었다.

서쪽 하늘을 붉게 물들였던 노을은 여전히 그 자리에 있었다.

나오에 가네쓰구는 함교에 돌아가 우에스기 카게카츠를 보았다.

"여기까지인 모양입니다."

우에스기 카게카츠 역시 절망한 표정으로 조용히 대꾸
했다.

"그런 것 같구려."

나오에 가네쓰구는 빠른 속도로 좁혀오는 조선 수군의
대 함대를 보다가 옆에 서있는 우에스기 카게카츠에게 물
었다.

"어떻게 하시겠습니까?"

"항복은 싫소."

"그럴 거라 생각했습니다."

"돌아가신 전대 영주님의 명성에 먹칠하는 일이 없어야
하오."

우에스기 카게카츠 말에 나오에 가네쓰구는 고개를 끄
덕였다.

우에스기 카게카츠가 말한 전대 영주란 우에스기 겐신
을 의미했다. 군신(軍神)으로 이름난 우에스기 겐신의 이
름에 먹칠하는 일 없이 장렬하게 산화하겠다는 말을 한 셈
이었다.

나오에 가네쓰구는 칼을 뽑더니 부하들에게 소리쳤다.

"우에스기군은 최후까지 저항할 것이다! 항복은 없다!
모두 한 놈이라도 더 저세상에 데려가라! 그게 마지막 임
무다!"

병사들 역시 자신들의 최후가 다가왔다는 것을 아는지 결연한 표정을 지었다. 우에스기 카게카츠의 호령을 출발 신호로 삼은 우에스기군은 북쪽에 있는 조선 수군에게 돌격했다.

죽음을 도외시한 공격이었다.

그러나 상대는 조선 수군이었다.

도도 다카토라가 이순신의 대장선에 공격을 직접 가할 수 있었던 이유는 그 옆에 수십, 수백 척의 전선이 있던 덕분이었다. 조선 수군이 그 수십, 수백 척의 전선을 상대하느라, 넓게 벌린 틈을 도도 다카토라가 날카롭게 찔렀던 것이다.

한데 지금은 우에스기군 10여 척이 전부였다.

자신을 향해 돌진해오는 우에스기군을 보며 경상수영의 경상수사 이운룡은 미소를 지었다. 출발하기 전, 전라수영의 전라수사 이억기와 내기를 하였는데 제비를 뽑는 사람이 나중에 한 턱 쏘기로 하였던 것이다. 한데 그가 제비를 뽑았다.

술값이야 나가겠지만 기분은 좋았다.

이번 전쟁의 마무리를 자신의 손으로 하는 것이다.

이순신은 휘하에 있는 통제영 함대 전선 50척으로 남쪽과 동쪽, 그리고 서쪽 삼면에 포위망을 구축했다. 그리곤 비어있는 북쪽방향을 경상수영과 전라수영이 나눠 맡도록 하였다.

이순신의 계획은 통제영이 남쪽에 그물을 친 다음, 북쪽으로 고기를 몰아가면 북쪽에 있는 경상수영과 전라수영이 이를 쓸어 담는 것이었다. 그러나 도도 다카토라는 비어있는 북쪽이 아니라, 방어가 두터운 남쪽을 집중적으로 공략했다.

그 덕분에 이순신이 탑승한 대장선을 한때 사정거리에 두기는 했지만 전투는 의외로 싱겁게 끝나 전라수영과 경상수영이 활약할 기회가 오지 않았다. 한데 우에스기군이 도도군과 갈라져 북쪽으로 도망쳐올 거라 예상한 사람은 없었다.

"전 함대 좌현 선회하라!"

이운룡의 외침에 기함을 시작으로 함대에 속한 30여 척의 전선이 일제히 선회해 좌현으로 돌진하는 우에스기군을 겨눴다.

"발포하라!"

이운룡의 쩌렁쩌렁한 외침이 바다를 가르는 순간.

대룡포 수십 문이 일제히 포성을 울리며 신용란을 토해냈다.

해전이 아니라, 마치 공성전을 보는 듯한 광경이었다.

허공을 가르던 신용란은 차례차례 우에스기군의 전선을 덮쳤다.

쾅쾅쾅!

선두에 있던 전선부터 신용란에 맞아 터져나가기 시작했다.

어차피 전력상 상대가 아니기는 했지만 해전을 치러본 적이 없는 우에스기군은 큰 실수를 저질렀다. 도도 다카토라가 했던 거처럼 희생은 있더라도 종심돌파를 선택했어야했다.

일자진(一子陣), 혹은 학익진을 펼친 조선 수군이 포격을 하는 상황에서 같이 진형을 넓게 펼쳐놓으면 절대 이기지 못했다. 아타케부네든, 세키부네든 조선 수군이 사용하는 판옥전선을 1대1로 이기지 못했다. 그렇다면 진형을 넓게 펼치기보단 종심 돌파를 추구하는 게 그나마 가능성이 있었는데 우에스기군은 흩어지더니 한꺼번에 진격해 들어왔다.

우에스기군을 상대하는 경상수영의 전선들은 함포를 마구 발사해 적선을 차례차례 침몰시켰다. 그리고 우에스기 카게카츠와 나오에 가네쓰구가 있는 아타케부네를 직접 노려갔다.

앞을 막아주던 세키부네들이 터져나가며 아타케부네가 사거리에 들어오기 시작했다. 첫 번째 신용란은 아타케부네 옆을 스치듯이 지나가 뒤에 있던 세키부네의 선수를 때렸다.

두 번째 신용란은 좌현을 스치듯 날다가 비스듬히 나와 있던 선미에 틀어박혔다. 그러나 이번에도 운이 좋았다. 선미에 박힌 신용란이 불발이었다. 선미에 구멍은 뚫었지만 폭발하지는 않았다. 우에스기 카게카츠의 입장에서는 다행이었다.

그러나 세 번째 신용란은 선수 위를 날아 함교로 곧장 향했다.

우에스기 카게카츠는 신용란이 선수를 지나 그에게 날아오는 모습을 보며 입가에 미소를 지었다. 시속 수백 킬로미터가 넘는 속도로 날아오는 신용란이 지금은 천천히 보였다.

우에스기 카게카츠는 고개를 옆으로 돌렸다.

나오에 가네쓰구는 눈을 감은 채 뭐라 중얼거리는 중이었다.

불경을 암송하는 모양이었다.

큐슈나, 주코쿠는 서쪽에 있어 외국의 문물을 받아들이기 쉬웠다. 그래서 그쪽은 가톨릭을 믿는 기리시탄영주들이 많은 편이었다. 그러나 에치고는 내륙 깊은데 있어 불교를 믿는 사람들이 많았다. 에치고의 우에스기 겐신이나, 가이의 다케다 신겐 모두 불교에 심취해 법명이 있을 정도였다.

나오에 가네쓰구 뒤로 가신과 근위시동들의 얼굴이 보였다.

그들의 반응은 세 가지였다.

대부분 망연한 얼굴로 서 있었다.

그리고 소수지만 달관한 행동을 보여주는 이들이 있었다. 그들은 부처를 비롯해 각자 믿는 신의 도움을 받으려 하였다.

마지막으로 숫자는 가장 적지만 두려움에 질린 이들이 있었다. 그들은 몸을 사시나무처럼 떨며 오줌을 싸거나, 아니면 공포에 질린 얼굴로 함교의 문을 향해 미친 듯이 뛰어갔다.

우에스기 카게카츠는 그런 자들을 비웃으며 고개를 돌렸다.

신용란이 그를 향해 곧장 날아왔다.

우에스기 카게카츠는 그가 비웃은 자들처럼 도망치지 않았다.

오히려 신용란을 향해 다가서며 소리를 질렀다.

그 순간, 함교가 폭발하며 아타케부네가 가라앉기 시작했다.

조선 수군은 확실히 끝장을 내려는지 신용란을 계속 퍼부었다.

함교가 폭발한 아타케부네는 신용란 서너 발을 더 얻어맞은 후에 붉은 화염과 시커먼 연기에 휩싸여 타오르기 시작했다.

전투는 그렇게 끝났다.

우에스기 카게카츠가 탄 아타케부네가 폭발하는 순간, 살아남은 두 척의 세키부네 위에 항복을 원하는 깃발이 올라왔다.

이운룡은 급히 팔을 휘저어 포격을 멈췄다.

그리곤 전선 몇 척을 보내 항복한 전선의 무장해제를 도왔다.

전투를 마무리 지은 이운룡은 이 소식을 바로 삼도수군 통제사 이순신에게 전했다. 도도 다카토라가 지휘하던 왜군의 주력 함대를 박살낸 이순신은 흩어져 저항하던 잔당을 마저 제거한 다음, 북쪽으로 올라오며 우에스기군을 수색했다.

다행히 시간이 늦지 않아 도망치던 우에스기군을 포위하는데 성공한 이순신은 통제영 함대를 멈추게 한 연후에 경상수영이나, 전라수영의 소식을 기다렸다. 잠시 후, 포성이 어지럽게 들리더니 한데 뭉쳐 북쪽으로 진격하던 우에스기군 소속 전선이 불에 타는지 연기가 수십 미터 위로 솟았다.

우치적은 손뼉을 치며 아이처럼 좋아했다.

"대감, 우리가 이겼습니다!"

이순신의 담담한 시선은 여전히 북쪽에 못 박혀 있었다.

"아직 모르네."

"그렇기야 하지만……."

이순신은 엄한 목소리로 당부했다.

"전라수사나, 경상수사의 보고가 오기 전까진 마음을 놓지 말게. 전투가 끝나는 마지막 순간까지 방심을 해선 안 되네."

"알겠습니다."

우치적은 승복한 듯 선수에 내려가 뱃전에 주저앉아 있던 수군 병사들을 일으켜 세워 혹시 모를 변고에 대비하게 하였다.

이순신은 북쪽 하늘에 솟구친 검은 연기 속에서 하늘을 보았다. 땅거미가 어둑하게 내려앉아 사위가 아주 깜깜했다. 시간이 조금 더 흐르니 달이 제 위력을 내며 조금 밝아졌다.

이순신은 누구보다 전투가 빨리 끝나길 빌었다.

날이 어두워진 상태에선 함대를 운용하지 못했다.

서로를 보지 못하기 때문에 아군끼리 부딪치는 사고가 생겼다.

또, 격군은 지칠 대로 지친 상태여서 휴식이 절실했다. 이런 상태로 전투를 치르면 쓸데없는 피해가 생길 위험이 있었다.

마지막 전투인 만큼, 신중하게 그리고 안전하게 할 생각이었다.

겉으론 태연한 척 행동했지만 속으론 애가 타기 시작할 무렵이었다. 기다렸던 전령이 마침내 통제영 대장선에 도착했다.

"대감, 경상수사 이운룡장군의 보고이옵니다!"

"말해보아라!"

"북쪽으로 도망치던 왜선 10척 중 8척은 침몰시켰으며 나머지 2척은 나포하여 부산포로 옮기는 중이라는 보고이옵니다!"

태산처럼 강건한 기세로 절대 흔들리지 않을 것 같던 이순신의 신형이 조금 흔들렸다가 급하게 제 자리를 찾아갔다.

"경상수사에게 가서 수고했다고 전해라!"

"예, 대감!"

전령이 경상수영 함대로 출발하기 무섭게 이순신은 장대에 있는 의자에 앉아 가볍게 한숨을 내쉬었다. 마침내 전쟁이 끝났다. 소식을 접한 병사들이 함성을 지르기 시작했다.

이순신은 이 기쁜 소식을 당연히 이혼에게 먼저 전했다.

이순신의 장계를 든 전령이 부산포를 향해 빠르게 나아갔다.

거친 밤바다도 그들의 의지를 막지 못했다.

***

이혼은 부산포가 내려다보이는 야산에 올라와 팔짱을 낀 채 어둠에 잠긴 바다를 하염없이 지켜보았다. 달빛을 받은 바다가 검은 수정처럼 빛나며 환상적인 경치를 연출했다.

이혼은 고개를 돌려 권율에게 물었다.

"오늘 끝날 것 같소?"

"통제사를 믿어보시옵소서."

권율의 대답에 이혼은 말없이 고개를 끄덕였다.

이순신의 능력이야 누구보다 그가 잘 알았다.

다만, 노량해전과 같은 전철을 밟을까봐 걱정이 되는 것이 사실이었다. 이순신장군은 철수하던 왜군을 상대로 마지막 전투를 벌이다가 안타깝게 산화하는데 그게 노량해전이었다.

왜군을 살려 보낼지언정, 이순신을 잃을 순 없었다.

어쩌면 그를 괴롭히던 환청과 두통이 이순신의 생사여부로 인한 압박 때문일지 몰랐다. 승전보보단 살아남았다는 장계를 먼저 받는 것이 어쩌면 이혼에겐 더 중요할 수 있었다.

자정이 갓 넘은 시각.

조용하던 항구가 갑자기 소란스러워졌다.

무언가 일이 생겼다는 것을 직감한 권율이 부하들을 보냈다.

얼마 지나지 않아 통제영 소속 전령이 야산 위로 올라왔다.

이혼을 본 전령은 화들짝 놀라 바닥에 엎드렸다.

이순신의 장계를 가지고 출발했을 때 지위가 높은 장수를 만날 거라 내심 예상은 했지만 그게 임금일 줄은 전혀 몰랐다.

전령에게 일어나라 명한 이혼은 급히 하문했다.

"삼도수군통제사의 장계를 가져왔느냐?"

전령은 떨리는 목소리로 대답했다.

"그, 그렇사옵니다."

이혼은 조내관을 불러 전령이 가져온 장계를 받아오게 하였다.

"여기 있사옵니다."

이혼은 장계를 봉한 촛농을 먼저 살펴보았다.

그가 이순신에게 내린 삼도수군통제사의 인장이 촛농에 찍혀있었다. 촛농이 멀쩡한 것을 보면 먼저 손 댄 사람은 없었다.

조내관이 건넨 편지 칼로 촛농을 잘래난 이혼이 물었다.

"전투 후에 바로 온 것이냐?"

"예, 전하."

"고생이 많았구나. 피곤할 터이니 가서 쉬도록 해라."

"황, 황송하옵니다."

전령은 도원수부 병력의 안내를 받아 야산을 내려갔다.

그 모습을 지켜보던 이혼은 둘둘 말린 장계를 열어 펼쳤다.

옆에 있던 권율이 등잔을 가져와 비춰주었다.

이혼은 장계를 빠른 속도로 읽어나갔다.

등잔을 들고 있던 권율은 이혼의 얼굴을 힐끔 훔쳐보았다. 그러나 표정의 변화가 거의 없어 승패를 파악하기 힘들었다.

다 읽은 이혼은 장계를 접어 권율에게 건넸다.

"읽어보시오."

이혼은 권율이 들고 있던 등잔을 받아 읽기 쉽게 비춰주었다.

"송구하옵니다."

예를 표한 권율은 장계를 열어 빠른 속도로 읽어갔다.

그리곤 한쪽 무릎을 꿇더니 큰 목소리로 군례를 올렸다.

"감축 드리옵니다!"

권율의 목소리가 워낙 컸던 탓에 두 사람 주변에 있던 내관과 금군, 그리고 도원수부 병력이 모두 그의 말을 들었다.

사람들은 권율을 따라 바닥에 엎드렸다.

"감축 드리옵니다!"

눈을 감은 이혼은 사람들의 목소리가 주는 여운을 잠시 즐겼다.

글로 읽었을 때는 실감이 별로 나지 않았다.

한데 사람들이 말을 들으니 그제야 이겼다는 게 실감이 났다.

아니, 마침내 전쟁이 끝났다는 게 실감났다.

왜국과 벌인 긴 전쟁의 종지부를 오늘로 찍었다.

물론, 아직 빚을 다 갚은 것은 아니었다.

병력의 손해는 왜국이 훨씬 더 보았지만 주전장은 조선이었다. 특히, 경상도 남부의 피해가 극심해 복구에 몇 년이 걸릴지 예상하기 힘들었다. 인적, 물적 손실이 모두 엄청났다.

그리고 조선을 침략하기로 결정한 진짜 전범들은 처리하지 못했다. 그 전범들에게 죄를 물은 후에야 전쟁이 끝났다고 자신 있게 말할 수 있을 것이다. 그렇지 않으면 헛되이 쓰러져간 수만 명의 백성에게 면목이 서지 않았다. 설령, 그로 인하여 더 많은 피해를 보더라도 죄는 물어야 했다. 그래야 왜국이 똑같은 짓을 반복하지 못하게 할 수 있었다.

이혼은 손을 저었다.

"모두 고생이 많았소! 이번 전투에서 승리한 것은 과인이나, 도원수의 공이 아니오! 이는 일선에서 용감히 싸운 장교와 병사들의 덕분이오! 모두 이 점을 잊지 말도록 하시오!"

"성은이 망극하옵니다!"

사람들이 대답하는 모습을 보며 이혼은 부산진성으로 들어갔다. 다행히 환청과 두통은 더 이상 그를 괴롭히지 않았다.

전투가 끝나며 거짓말처럼 사라졌다.

아무래도 심인성(心因性)이었던 모양이었다.

다음 날 늦게 일어난 이혼은 개운한 얼굴로 전장을 수습했다.

전투가 일어난 지역을 원래 상태로 돌리기 위해 애쓰는 한편, 부산포에 내려가 귀항하는 이순신 등을 손수 마중하였다.

뒷짐을 쥔 이혼은 고개를 들어 하늘을 보았다.

구름 한 점 없는 맑은 하늘이 시선 닿는 곳까지 이어져 있었다.

"어, 혹시 저거?"

바다를 관찰하던 사람이 무언가를 발견했는지 소리를 질렀다.

고개를 내린 이혼은 손바닥으로 해 가리개를 만들어 수면을 살펴보았다. 햇살을 받아 잉어비늘처럼 부서지는 파도 너머로 시커먼 그림자가 모습을 드러냈다. 마치 거대한 섬이 조류의 도움을 받아 바다 이곳저곳을 떠다니는 것 같았다.

손바닥을 내린 이혼은 고개를 끄덕였다.

"수군인가?"

"그렇사옵니다."

이혼의 혼잣말을 들었는지 권율이 걸어오며 대답했다.

"한, 두 시진은 더 지나야 도착할 것이옵니다. 잠시 시원한 그늘 안으로 들어가시어 햇볕을 피하는 게 어떻겠사옵니까?"

"바닷바람이 시원하여 아직은 견딜 만하오."

대답한 이혼은 시선을 돌려 부산포에 있는 부두를 바라보았다.

부산포는 아주 중요한 항구였다.

한강 근처에 있는 제물포가 중국(中國)상인과 거래하는 무역항이라면 부산포는 왜국 상인과 주로 거래하는 무역항이었다.

거기다 왜국이 임진년과 정유년 등, 두 차례에 걸쳐 부산포를 점령한 덕분에 항만시설이 전보다 발전해있었다. 조선에 침략한 침략군을 먹여 살리기 위해선 대마도를 출발한 수송선이 부산포에 도착해 빠른 속도로 화물을 내려야하는지라, 오히려 왜군이 부산포의 시설에 더 신경 써온 것이다.

이혼이 아는 상식에 의하면 항구의 입지조건은 두 가지였다.

하나는 육지와 가깝지만 수심이 깊을 것.

다른 하나는 지형이 만(灣)의 형태일 것.

육지와 가까운 것은 필수였다. 항구의 부두와 육지가 멀면 멀수록 들어가는 비용이 기하급수적으로 늘어났다. 일단, 부두를 건설하는데 들어가는 비용이 늘어났으며 부두에 하역한 짐을 다시 육지의 창고로 옮기는 비용이 따로 들었다.

군사적, 혹은 전략적인 목적에 의해 반드시 필요한 경우가 아니면 항구의 부두는 반드시 육지와 가까운 곳에 건설했다.

수심이 깊어야하는 이유 역시 같았다.

그 배의 용도가 싸우는 용도의 전선이든, 화물을 나르는 화물선이든, 여객을 나르는 여객선이든 상관없었다. 어쨌든 배에는 흘수(吃水)가 존재하는데 흘수란 선체가 물에 잠기는 깊이를 뜻했다. 즉, 흘수가 크면 배수량이 큰 배라는 뜻이다.

한데 수심이 얕으면 흘수가 큰 배는 정박하지 못했다. 수심이 흘수를 만족하지 못해 배가 바다 바닥과 충돌하는 것이다.

그래서 부두를 건설하기 좋은 입지조건은 육지와 가까

우며 수심이 깊어야했다. 그래야 비용은 줄고 효율은 높아졌다.

지형이 만(灣)형태여야 하는 이유는 자연재해와 관련이 있었다.

바다는 육지보다 기후변화가 훨씬 심한 곳이었다. 풍랑의 높이에 의해 운항을 포기해야하는 날이 적지 않은 편이었다.

그래서 자연재해의 영향을 최대한 덜 받을 수 있도록 내륙 안으로 움푹 들어와 있는 만형태의 지형이 밖으로 튀어나와있는 혼(Horn)형태의 지형보다 입지조건에 훨씬 유리했다.

부산포는 이 두 가지 입지조건을 충족했다.

다만, 근처에 산이 많아 부산포를 낀 부산이 나중에 발전하는데 지장이 있을 것 같긴 하지만 사실 조선 천지에 산 없는 지형을 찾아보기 힘들었다. 부산포면 꽤 좋은 편이었다.

이혼은 고개를 돌려 조내관과 같이 서있는 부산첨사를 불렀다. 부산첨사는 부산관아의 관원들과 함께 안전한 지역에 피신해 있다가 전쟁이 끝남과 동시에 바로 복귀한 상태였다.

부산첨사가 달려와 머리를 숙였다.

"찾으셨사옵니까?"

"부산지역의 세금을 3년 동안 받지 않을 테니 부산첨사는 먼저 백성이 원래 생활로 돌아올 수 있도록 최선을 다하시오."

부산첨사의 머리가 추수를 앞둔 벼처럼 내려갔다.

"성은이 망극하옵니다."

"과인이 이곳에 몇 사람을 남겨 부산첨사와 부산관아를 계속 살펴볼 것이오. 쓸데없는 짓은 하지 않는 게 좋을 것이오. 만약, 부정을 벌이는 날에는 과인이 직접 국문을 열어 처단할 것이오. 이를 명심해 일을 그르치는 일이 없게 하시오."

"각골난망(刻骨難忘)하겠사옵니다."

부산첨사를 돌려보낸 이혼은 햇살을 받으며 서 있다가 고개를 들었다. 검은 그림자로 보이던 조선 수군이 점차 그 형태를 드러내는 중이었다. 조선 수군의 주축을 이루는 판옥선은 바다 위에 떠있는 성과 같아 자태가 아주 웅장하였다.

이혼의 시선은 그 중 가운데 있는 판옥선으로 향했다.

다른 판옥선보다 반 배 이상 큰 그 판옥선의 장대에는 삼도수군통제사를 의미하는 깃발이 바람에 나부끼며 걸려 있었다.

마중 나온 사람들 중에 이혼이 있다는 소식을 들었는지 수군 사이에 동요가 일었다. 환대를 받을 거라는 예상은 했지만 임금이 직접 나와 마중해줄 거라곤 전혀 생각하지 못했다.

수군은 뿌듯한 마음으로 정박을 서둘렀다.

가장 먼저 삼도수군통제사의 대장선이 1번 부두로 들어왔다. 부두에 대기 중이던 수군 병사들은 대장선이 던진 밧줄을 잡아 부두에 있는 쇠말뚝에 단단히 묶었다. 그러면 대장선에 있는 병사들이 그 밧줄을 당겨 부두와의 간격을 좁혔다.

다리를 놓을 수 있는 지점에 이르는 순간.

좌르륵하는 소리와 함께 무거운 닻이 바다 속으로 잠수했다.

정박을 마친 대장선은 선미에 있는 나무다리를 내려 배와 지상을 잇는 통로를 구축했다. 잠시 빛에 싸여있던 선미에서 몇 사람이 내려와 이혼이 있는 곳으로 걸어오기 시작했다.

이혼은 사람들과 함께 부두 앞으로 걸어가 그들을 맞이했다.

대장선에서 내린 사람 중 한 명이 앞으로 나와 무릎을 꿇었다.

바로 삼도수군통제사 이순신이었다.

"주상전하, 대승을 감축 드리옵니다!"

"이 모두 대감과 열심히 싸워준 수군 병사들 덕분이오."

"소장은 황송하여 몸 둘 바를 모르겠사옵니다."

이순신을 일으켜 세운 이혼은 뒤쪽에 있는 사람들을 가리켰다.

"이번에 공을 세운 장수들이오?"

"그렇사옵니다, 전하. 왼쪽부터 통제영 우군 우후 김억추, 통제영 중군 우후 김완, 통제영 좌군 우후 이영남이옵니다."

이혼은 군례를 올리는 세 장수와 악수를 하였다.

"고생들이 많았네."

"성은이 망극하옵니다."

"황송하여 몸 둘 바를 모르겠사옵니다."

이혼은 다시 돌아와 이순신에게 물었다.

"경상수사와 전라수사는 도착 전이오?"

"전장 수습을 마치면 바로 들어올 것이옵니다."

고개를 끄덕인 이혼은 왼편에 육군 장수를, 그리고 오른편에는 수군 장수를 대동하곤 부산진성 안으로 당당히 들어갔다.

전쟁이 끝났다는 소식에 부리나케 돌아온 피난민들이 환호성을 질렀다. 그들에게 육군과 수군의 장수들은 그들이 고향으로 빨리 돌아올 수 있도록 만들어준 영웅과 다름없었다.

더구나 그 전쟁은 불과 한 달이 넘기지 않았다.

임진년의 전쟁처럼 해를 넘기면 어쩌나하는 걱정이 많았는데 우려와 달리 전쟁은 여름이 지나기 전에 완전히 끝났다.

이혼은 부산첨사가 청소해둔 부산진성 관아 대청에 좌정했다.

"모두 앉으시오!"

"성은이 망극하옵니다!"

장수들은 이혼 앞에 두 줄로 자리를 맞춰 앉았다.

장수들이 앉기를 기다린 이혼은 천천히 입을 열었다.

"다시 한 번 말하지만 노고들이 많았소. 장군들 덕분에 전쟁을 속히 끝내 백성들의 고충을 조금이나마 덜어줄 수 있었소."

"황송하옵니다!"

"이번 전쟁을 끝내기 위해서는 두 가지가 필요했소. 하나는 상륙한 왜군을 바다 밖으로 밀어낼 수 있는 강력한 육군이었소. 다행히 도원수 권율장군을 위시한 육군 장수들이 노력한 덕분에 왜군을 바다 밖으로 쫓아내버릴 수 있었소."

이혼의 말에 권율을 비롯한 육군 장수들이 고개를 깊이 숙였다.

이혼의 말이 이어졌다.

"두 번째는 바다로 밀려난 왜군을 수장시킬 수 있는 강력한 수군이 필요했소. 그 역시 통제사 이순신장군을 위시한 여러 수군 장수들이 힘써 분전한 덕에 뜻을 이룰 수 있었소. 장군들의 공은 청사(靑史)에 기록해 영원히 남길 것이오."

이번에는 이순신을 비롯한 수군 장수들이 고개를 깊이 숙였다.

이혼은 말을 계속 이어갔다.

"임진년과 정유년의 전쟁을 거치며 우리 조선군은 넘칠 정도의 경험을 쌓았소. 또, 그 동안 무기체계 역시 일취월장하여 어떤 적과 싸우더라도 승리할 수 있다는 자신감을 얻었소. 이는 군에 자산으로 작용할 것이니 여기서 만족하지 말고 추후에도 계속 연마하여 더욱 발전시켜 나가야할 것이오."

"명심하겠사옵니다!"

만족한 얼굴로 소회를 밝힌 이혼은 밖에 물었다.

"조내관?"

"예, 전하."

"준비는 끝났소?"

"그러하옵니다, 전하."

"그럼 대청으로 가져오시오."

"예, 전하."

조내관은 내관과 부산 관아에 있는 관원들을 지휘해 술

과 안주가 든 작은 술상을 앉아있는 장수들 앞에 내려놓았
다. 한 사람 당 하나씩이었다. 물론, 이혼 역시 상 하나를
받았다.

이혼은 잔에 술을 채워 소리쳤다.

"자, 다들 마음껏 즐기시오! 오늘은 만취해도 개의치 않
겠소!"

선창한 이혼은 먼저 술잔을 집어 들어 시원하게 들이켰
다. 도수가 높은 술이 식도로 내려가며 몸이 후끈 달아올
랐다.

"성은이 망극하옵니다!"

답례한 장수들은 잔에 술을 채워 마시기 시작했다.

이혼은 술을 싫어했다.

술은 지성인의 지성을 마비시키는 효과가 있었다.

이혼과 같은 성격을 가진 사람에게는 술이 마약과 다름
없었다.

꼭 필요한 경우가 아니면 거의 마시지 않았는데 지금은
필요한 경우였다. 긴장한 상태로 앉아있던 장수들은 술이
몇 순배 돈 후에는 큰 소리로 떠들거나, 웃으며 자리를 즐
겼다.

특히, 육군과 수군장수들이 교류하는데 술이 큰 역할을
하였다.

육군과 수군은 임지가 달라 마주칠 일이 없었다.

전쟁 동안엔 풍문이나, 장계에 올라오는 이름으로 육군과 수군에 어떤 장수가 있다는 것을 알기는 하지만 그게 다였다.

한데 한 자리에 모여 술을 마시니 어색함은 금세 사라졌다.

방금 도착한 전라수사 이억기는 먼저 이혼과 이순신에게 인사를 한 연후에 주위를 둘러보았다. 육군과 수군 장수들이 한데 섞여 허풍 섞인 자랑을 하며 떠드는 모습이 보였다.

그런 이억기의 눈에 혼자 자작하는 권응수의 모습이 보였다.

수군과 육군의 지휘체계에 차이가 조금 있기는 하지만 자연스럽게 비슷한 품계끼리 모여 술을 마시는 중이었는데 근위사단 사단장 권응수를 상대해줄 사람이 주변에 없었던 것이다.

근위사단 사단장은 수군으로 치면 수영을 지휘하는 수사에 해당했다. 그러나 그가 도착하기 전까진 수사가 없었다. 통제사 이순신은 도원수 권율, 그리고 이혼과 술잔을 기울이는 중이었는데 권응수의 배포가 아무리 크기로서니 그 사이에 낄 담력은 없었다. 그렇다고 품계가 떨어지는 황진, 김억추 등과 어울릴 수도 없어 혼자 자작하였던 것이다.

이억기가 권응수에게 걸어가 물었다.

"합석해도 괜찮겠습니까?"

"오, 이수사가 아니오? 어서 앉으시구려."

권응수가 이억기보다 15살가량 많았으나 품계는 거의 같았다. 두 사람은 곧 술잔을 교환하며 친분을 다지기 시작했다. 거기에 마지막으로 도착한 경상수사 이운룡이 합세하니 세 사람은 마치 막역지우처럼 어울리며 친분을 나누었다.

이혼은 권율, 이순신 두 명에게 술을 채운 잔을 건네주었다. 한 차례 사양한 두 사람은 고개를 돌린 후 술잔을 비웠다.

권율은 얼른 이혼의 빈 술잔에 술을 따랐다.

"소장이 한 잔 따르겠사옵니다."

"고맙소."

이혼은 취기가 살짝 올라왔으나 거절하지 않았다.

입에 털어 넣는 순간, 독한 술이 식도에 다시 불질을 시작했다.

잔을 내려놓은 이혼은 조내관이 숙수에게 명해 준비해 온 안주로 입가심을 하였다. 이혼의 식성을 잘 아는 조내관은 간을 거의 하지 않은 정갈한 안주로 소박한 술상을 차렸다.

젓가락을 내려놓은 이혼은 흐뭇한 얼굴로 물었다.

"잠시 바닷바람을 쐬려하는데 같이 가겠소?"

"소장들이 모시겠사옵니다."

권율과 이순신이 먼저 일어나는 모습을 본 이혼은 같이 일어서다가 잠시 비틀했다. 앉아있을 땐 몰랐는데 갑자기 일어서니 취기가 몰려왔다. 옆에 있던 이순신이 얼른 부축했다.

권율이 걱정스러운 얼굴로 물었다.

"이제 그만 침소에 드시는 게 어떻겠사옵니까?"

"하하, 과인은 괜찮소. 주정할 정돈 아니오."

이혼은 따라 일어선 여러 장수들에게 소리쳤다.

"과인이 그대들의 상관과 함께 자리를 피해줄 터이니 장군들은 차린 술과 음식을 마음껏 먹고 마신 후에 돌아가시오! 병사들도 지금쯤 회포를 푸는 중일 테니 염려할 필요 없소!"

"성은이 망극하옵니다!"

절하는 장수들에게 손을 흔들어 보인 이혼은 권율, 이순신 두 장군의 부축을 받아 부산 앞바다가 보이는 남벽을 찾았다.

부산포 곳곳에 횃불이 걸려 대낮처럼 밝았다.

잠시 귀를 기울여보니 병사들의 웃음소리가 쉼 없이 들려왔다.

병사들 역시 장수들처럼 술과 고기로 회포를 푸는 중이었다.

어디선 씨름판이 벌어졌는지 힘쓰는 소리가 대단했다.

그 근처가 모두 모래사장이니 씨름판이야 만들면 그만이다.

이혼은 차가운 성첩에 손바닥을 올리며 바다 주변을 가리켰다.

"보기 좋은 광경이오. 그렇지 않소?"

이순신은 고개를 끄덕이며 대답했다.

"그렇사옵니다, 전하. 오늘 병사들에게까지 술과 고기를 내리신 것은 참으로 훌륭한 결정이었사옵니다. 전쟁이 일어날 경우, 병사들은 오늘을 떠올리며 열심히 싸울 것이옵니다."

"그러면 과인 역시 더 바랄 게 없을 것이오."

대꾸한 이혼은 돌아서기 무섭게 권율과 이순신을 보며 물었다.

"과인이 두 장군을 밖으로 불러낸 이유를 아시겠소?"

잠시 고민하던 권율이 먼저 대답했다.

"전쟁이 아직 끝나지 않았기 때문으로 아옵니다."

이혼은 역시 권율이라 생각하며 이순신에게 물었다.

"통제사는 어떻소? 도원수의 의견에 동의하시오?"

이순신은 지체 없이 대답했다.

"도원수의 의견과 같사옵니다. 전쟁은 아직 끝나지 않았사옵니다. 전쟁을 끝내기 위해선 임진년와 정유년에 벌어진 전쟁의 책임이 누구에게 있는지 밝히고 죄를 물어야 하옵니다."

"과인 역시 그렇게 생각하오. 그러나 이번에는 전장이 다를 것이오. 입장 역시 다르지. 그래서 준비해야할 게 더 많소."

이혼의 말에 권율과 이순신은 고개를 숙였다.

마침내 이혼이 왜국 정벌을 천명한 것이다.

이혼은 다시 몸을 돌려 부산 밤바다를 보았다.

"언제인지는 모르겠지만 준비가 끝나면 왜국 정벌에 나설 것이오. 그건 확실하오. 그러나 준비기간 동안, 과인이 지금처럼 군을 직접 통제하기는 어려울 것이오. 조정에 처리해야할 일들이 산더미처럼 쌓여있을 테니 몸을 빼기 어렵소. 그래서 과인은 두 장군에게 그 준비 작업을 맡기려 하오. 두 사람이 합심하여 왜국을 정벌할 준비를 해보도록 하시오. 병조판서에게 두 사람을 도와주라는 지시를 내리겠소."

"성은이 망극하옵니다."

대답하는 두 사람을 보며 이혼은 고개를 끄덕였다.

휘영청 밝은 달이 그런 세 사람을 포근하게 감싸주었다.

6장. 환궁(還宮)

6장. 환궁(還宮)

다음 날 아침, 부산으로 급히 내려온 경상도 관찰사 김
성일에게 정리를 맡긴 이혼은 바로 북상하여 도성으로 돌
아갔다.

이혼이 가는 곳마다 백성이 나와 절을 올렸다.

그리고 호위하기 위해 따라온 병력에게는 환호성을 질
렀다. 부산포에서의 승전 소식이 빠른 속도로 퍼져가는 중
이었다.

이혼은 왕권을 강화하기 위한 전제조건 두 가지를 모두
가졌다.

민심과 병권.

그러나 도성으로 향하는 이혼의 발걸음을 그리 가볍지

않았다.

지금부터 시작이었다.

이혼이 도성으로 돌아가는 동안, 세상은 본래 모습을 찾아갔다.

전쟁을 피해 진주, 대구, 청주 등지로 피난을 가야했던 경상도 남부의 백성들은 정든 집과 고향을 찾아 귀향길에 올랐다.

경상도 관찰사 김성일은 특유의 인내심과 세밀함을 앞세워 잠시 가동을 중단했던 행정체계를 빠르게 복구하였다. 행정체계를 먼저 복구해야 피해를 입은 백성의 지원이 가능했다.

경상도 방어는 근위사단이 떠나며 경상사단 관할로 다시 돌아갔는데 경상사단 사단장 곽재우가 전투 중에 입은 부상으로 장기요양이 필요해 그 휘하에 있던 곽준(郭遵)을 사단장으로 임명했다. 곽준은 조종도(趙宗道)와 함께 의병을 일으킨 대표적인 경상도출신 의병장으로 나중에는 김면(金沔)휘하에 들어가 상당한 공을 세운 사람이었다. 곽재우를 중심으로 경상사단을 구성할 때는 기꺼이 연대장을 맡았다.

한양에 도착한 이혼은 권응수를 불러 근위사단으로 도성을 포위하게 하였다. 그리곤 1연대를 앞세워 도성에 입성했다.

숭례문 앞에는 영의정 유성룡, 좌의정 이산해, 우의정 정철, 이조판서 이원익 등 백관이 나와 그를 기다리는 중이었다.

유성룡이 백관을 대표해 앞으로 나와 예를 표했다.

"대승을 감축 드리옵니다!"

"이 모두 경들이 조정을 잘 이끌어준 덕분이오."

답례한 이혼은 숭례문을 지나 행궁으로 환궁했다.

전장의 포화와 멀리 떨어져 있던 도성은 거의 옛 모습을 되찾은 상태였다. 옥의 티라면 잔해상태로 남아있는 궁궐일 것이다. 아직 이혼은 궁궐 개축이나, 보수에 관심이 없었다.

이혼은 폐허로 남아있는 경복궁과 창덕궁을 보며 생각했다.

'이젠 복원해도 괜찮겠지.'

행궁에 입성한 이혼은 마중 나온 내관과 궁녀를 찬찬히 둘러보다가 한 여인을 발견하곤 시선이 못 박힌 듯 바로 멈췄다.

아니, 정확히 말하면 두 사람 앞에 시선이 멈췄다.

이혼은 뛰어내리듯 흑룡의 안장을 빠져나와 빠른 속도로 걸어갔다. 이혼을 따라가려는 흑룡의 고삐를 조내관이 잡았다.

두 사람 앞에 도착한 이혼은 엷은 미소를 지었다.

"미향, 그대가 시킨 대로 과인은 무사히 돌아왔소."

눈물을 글썽이던 미향은 마주 미소를 지어보였다.

"기쁘옵니다."

이혼은 시선을 돌려 미향의 치맛자락에 매달려있는 사내아이를 보았다. 그새 더 자랐는지 혼자 설 수 있는 모양이었다.

"어허, 그 놈 참. 자라는 게 마치 봄의 죽순 같구나."

사내아이는 이혼이 껄껄 웃는 모습을 보더니 미향의 치마 뒤로 숨었다. 얼굴이 까맣게 타는 바람에 눈동자와 하얀 이만 번쩍거리는 이혼의 모습을 보곤 겁에 질린 모양이었다.

미향은 치마 뒤에 숨은 사내아이를 어르고 달랬다.

"아바마마께 어서 인사드리세요."

치마 밖으로 고개를 내민 사내아이가 고개를 갸웃했다.

아무리 봐도 아이가 알던 아버지의 얼굴이 아닌 모양이었다.

이혼은 웃으며 한쪽 무릎을 꿇어 아이의 시선에 맞춰주었다.

그제야 이혼이 누구인지 안 듯 뒤뚱거리며 달려와 품에 안겼다.

이혼은 아이를 꼭 안아주며 물었다.

"윤아, 이제 과인이 누군지 알아보겠느냐?"

"아바마마."

"그래, 애비다."

윤을 안은 이혼은 얼굴을 가져가 비볐다.

살 냄새가 좋았다.

윤은 이혼의 얼굴을 밀며 도리질을 쳤다.

"앗, 따가워."

"하하, 수염이 따가운 모양이구나."

호통하게 웃어젖힌 이혼은 윤을 안은 채 대비전으로 향했다.

"대비마마, 소자이옵니다."

"오, 주상. 어서 들어오시구려."

허락을 받은 이혼은 윤은 앞세워 안으로 들어갔다.

도성을 떠나있던 관계로 요 몇 달은 문안을 드리지 못했다. 다행히 건강은 괜찮은지 대비의 혈색은 아주 좋아 보였다.

다과를 들며 담소를 나누던 이혼은 대비가 붙잡는 바람에 저녁까지 같이 들었다. 밤이 늦은 시각, 더 머무를 수 없어 돌아가려는데 아랫목에 누워 잠을 자는 윤의 모습이 보였다.

미향이 얼른 윤을 업으려는데 대비가 말렸다.

"윤은 내가 재우겠네. 부부가 오랜만에 만났으니 회포 풀 시간을 줘야지. 내일 아침까지 먹여 보내줄 테니 걱정 마시게."

대비의 권유에 미향은 얼굴이 빨개져 쉽게 대답하지 못했다.

이혼은 웃으며 고개를 끄덕였다.

"그럼 부탁드리겠습니다."

미향을 재촉해 부부가 함께 절을 올린 이혼은 대비전을 나와 미향의 처소로 향했다. 대비전을 잠시 바라보던 미향은 이내 몸을 돌리더니 총총걸음으로 앞서가는 이혼을 따라왔다.

미향의 처소에는 깔끔한 주안상이 놓여있었다.

미향은 당황한 얼굴로 바깥에 시립해 있는 제조상궁을 보았다.

"누가 주안상을 차리라고 말해주던가요?"

제조상궁이 공손하게 대답했다.

"대비전의 분부였습니다."

미향은 놀란 얼굴로 다시 물었다.

"대비전에서요? 언제 그런 분부를 내리시던가요?"

"저녁을 들기 전이었습니다."

제조상궁의 대답을 들은 이혼은 만족한 표정으로 손짓했다.

"고생이 많았소. 이만 나가보시게."

"예, 전하."

대답한 제조상궁은 밖으로 나가 문을 조용히 닫았다.

미향은 후궁 첩지하나 제대로 없는 몸이지만 궁에 있는 모든 사람, 심지어는 대비마저 미향을 중전으로 여기는 중이었다.

사실상, 이혼이 그렇게 만든 것이다.

그러니 제조상궁이 어찌 미향에게 함부로 하겠는가.

곧 중전에 오를 사람에게 책잡힐 일을 할 수 없었다.

주안상 앞에 앉은 이혼은 미향의 손을 잡아 자기 옆에 앉혔다.

"우리 부부가 마음껏 회포를 풀라고 대비마가가 준비해 주신 모양인데 보답을 하려면 오늘 밤에 둘째를 꼭 봐야겠구려."

"어쩐 일로 농을 다 하셔요."

복사꽃처럼 얼굴이 붉어진 미향은 부끄러워하면서도 잔에 술을 따라 이혼에게 주었다. 이혼은 미향이 건네 술잔을 깨끗이 비워 다시 술을 채웠다. 그리곤 미향에게 다시 건넸다.

"한잔 받구려."

"소첩은 술을 못합니다. 아시지 않습니까?"

"반잔만 마셔보시오."

이혼의 강권에 미향은 잔의 반을 비우더니 다시 내려놓았다.

이혼은 안주를 집어 건네주며 물었다.

"맛이 어떻소?"

"제 입에는 맞지 않는 것 같습니다."

안주를 먹은 미향은 얼굴이 뜨거운지 손부채로 바람을 부쳤다.

"소첩은 사람들이 왜 술을 좋아하는지 모르겠습니다."

"같은 생각이오. 그러나 가끔은 술이 필요할 때가 있는 법이오."

"언제 말입니까?"

"지금."

등잔불을 훅 불어 끈 이혼은 미향을 가슴 속으로 끌어당겼다.

"전, 전하."

잠시 멈칫하던 미향은 이내 허물어지듯 이혼의 품에 안겼다.

미향의 달콤한 숨결이 맡아졌다.

이혼은 손가락을 바삐 놀려 미향을 금세 나신으로 만들었다. 창문 틈으로 새어 들어온 달빛이 그녀의 나신을 비추었다.

그림보다 더 아름다웠다.

아이를 낳은 여인의 몸이라곤 믿기지 않았다.

마치 새하얀 옥으로 정성스럽게 빚어놓은 듯했다.

이혼 역시 금세 나신으로 변했다.

두 사람은 앉은 채로 서로의 몸을 미친 듯이 탐닉했다.

달아오른 몸에선 당장 새하얀 불꽃이 피어오를 듯했다.

미향은 두 팔을 들어 이혼의 목에 감았다.

"전하가 그리웠습니다."

"나 역시 그대가 보고 싶어 미칠 지경이었소."

이혼은 미향을 그대로 비단 금침 위에 눕혔다.

술기운덕분인지 미향은 다른 때보다 훨씬 적극적이었다.

밤을 덥히는 뜨거운 열풍은 한동안 꺼질 생각을 하지 않았다.

다음 날 이혼은 한결 개운한 얼굴로 조회에 참석했는데 조회 중 가장 먼저 떠오른 화제는 단연 왜국과 치른 전쟁이었다.

불과 한 달여 만에 만만치 않은 전력을 가진 왜군을 압도하며 이긴 전쟁이었으니 기뻐하지 않는 사람을 찾기 어려웠다.

이혼은 우의정 정철에게 명했다.

"논공행상과 신상필벌은 명확해야 뒷말이 나오지 않는 법이오. 우의정이 병조, 이조, 호조를 지휘해 논공행상을 맡도록 하시오. 특히, 전사자와 부상자의 처우에 신경 쓰도록 하시오. 그들이 없었으면 이번 전쟁을 이기지 못했을 것이오."

정철이 앞으로 나와 허리를 숙였다.

"명심하겠사옵니다."

이혼은 이어 좌의정 이산해에게 명했다.

"가뭄이 심하다하니 좌의정이 팔도를 돌며 수리관개시설을 점검하도록 하시오. 관이 할 수 있는 모든 방안을 동원해 가뭄에 고통 받는 백성을 구하도록 하시오. 필요한 게 있을 경우엔 이조, 호조, 공조 등과 상의하여 진행하도록 하시오."

이산해 역시 앞으로 나와 이혼의 명을 받았다.

"알겠사옵니다."

이혼은 마지막으로 영의정 유성룡에게 명을 내렸다.

"영의정은 경복궁 복원을 진행하도록 하시오. 공조, 호조에게 지원하도록 할 것이니 원형에 최대한 가깝게 복원하시오."

"예, 전하."

유성룡의 대답을 끝으로 조회는 끝이 났다.

이혼이 조회에 나가 지시한 세 가지 일 중 인간이 어찌하지 못하는 문제는 하나였다. 바로 가뭄이었다. 가뭄은 비가 내려야 끝이 나는 문제였다. 한데 세 가지 일 중 가장 먼저 해결을 본 문제는 의외로 가뭄이었다. 얼마 지나지 않아 시원한 단비가 바짝 말라있던 팔도를 촉촉이 적셔주었다.

두 번째는 정철이 맡은 전공처리문제였다. 공을 세운 사람이 실수한 사람보다 훨씬 많아 주로 상을 주는 쪽이 많았다. 그리고 부상자와 전사자에 대한 처리 역시 같이 이뤄졌다. 부상자는 치료를 도와주었으며 장애를 입은 병사들은 생활이 가능도록 연금이나, 일자리를 따로 마련해주었다. 그리고 전사자는 유족에게 연금을 지급해 생활을 도왔다.

세 가지 일 중 가장 많은 시간이 필요한 일은 경복궁의 복원이었다. 이혼은 개인적으로 창덕궁을 더 좋아하지만 경복궁이 조선의 법궁(法宮)인지라, 왕실의 위엄을 제대로 세우기 위해선 법궁을 먼저 복원하는 게 이치에 맞는 결정이었다.

현장에 도착한 이혼은 복원을 감독하는 유성룡에게 물었다.

"무엇이 부족하오? 말만 하시구려."

"금강송(金剛松)이 더 필요하옵니다."

"강원도에 금강송 군락지가 많은 것으로 아는데 부족한 거요?"

조정은 궁이나, 성문 등의 보수를 위해 터가 좋은 곳에 금강송 군락지를 조림(造林)해 관리했다. 그리고 국법으로 보호해 민간에서 이를 무단으로 벌채할 경우, 큰 벌을 받았다.

유성룡은 조금 난감한 표정을 지었다.

"강원도에 많이 있긴 하온데……."

이혼은 대답을 재촉했다.

"말해보시오. 뭐가 문제요?"

"그 금강송 대부분을 왕실과 권문, 상인 등이 소유 중이옵니다."

이혼은 미간을 잔뜩 찌푸렸다.

정말 화가 났을 때 나오는 습관이었다.

"금강송은 나라 소유로 아는데 과인이 틀린 것이오?"

"틀리지 않으셨사옵니다."

"한데 그들이 어떻게 금강송을 가진단 말이오?"

이혼의 재촉에 유성룡은 그 연유를 털어놓았다.

"그들이 집과 별장을 짓거나, 아니면 보수할 때 사용하기 위해 금강송이 있는 숲을 무단으로 점거한 것으로 아옵니다."

"그 동안 왜 보고만 있던 거요?"

"세조대왕 때 공신들이 점거한 후에는 손을 대지 못했사옵니다."

이혼은 고개를 끄덕였다.

"그걸 감시해야할 사람들이 오히려 불법을 저지른다는 말이군."

이혼은 궁에 돌아와 잠시 고민했다.

처음에는 경복궁 복원을 위해 의금부나, 형조, 또는 근위사단을 동원해 무단으로 점거한 금강송을 되찾아올 생각이었다.

한데 가만 생각해보니 이를 잘 이용할 경우, 그가 원하는 개혁을 보다 쉽게 해결할 수 있을 것 같았다. 그가 생각한 1단계 개혁은 농업개혁이었다. 그리고 농업개혁은 어느 정도 성공적으로 끝나 자급자족이 가능한 상태에 와있었다.

2단계 개혁은 1단계 개혁이 성공해야 할 수 있었는데 바로 경제였다. 지금 경제는 너무 폐쇄적이었다. 일부 상인이 경제를 통제하는 바람에 조선의 경제는 가진 자원에 비해 터무니없이 규모가 작을뿐더러, 비효율의 극치에 가까웠다.

그 일부 상인이 바로 금난전권을 가진 시전 상인들이었다. 그렇다고 시전을 없애자니 음으로, 양으로 연결되어 있는 조정 권신들이 반발할 것이 뻔해 다른 방도를 찾는 중이었다.

이혼은 유성룡이 낮에 한 말을 곰곰이 떠올려보았다.

'상인이라……. 금강송으로 별장을 지을 재력을 가진 상인이면 시전 상인 밖에 없을 것이다. 그쪽을 한 번 찔러봐야겠군.'

결정을 내린 이혼은 지체 없이 형조판서 기자헌을 불렀다. 퇴청하다가 끌려온 기자헌은 조금 당황한 얼굴로 들어섰다.

"찾으셨사옵니까?"

이혼은 낮에 들은 말을 그에게 똑같이 들려주며 물었다.

"형조판서는 어찌 생각하시오?"

형조판서 기자헌은 이혼이 물어보는 의도가 뭔지 알아내려는 듯 말없이 바닥을 보고 있다가 한참 후에 고개를 들었다.

"국법을 어긴 죄인들이니 죄상을 조사하여 처벌해야하옵니다."

"맞소. 형판이 말한 대로 당장 시행하시오."

이혼의 명령에 기자헌은 우물쭈물하며 쉽게 대답하지 못했다.

이혼은 답답하다는 듯 물었다.

"왜 그러시오? 마음에 걸리는 점이 있소?"

"왕실과 권문을 신이 마음대로 하기에는 부담이 있사옵니다."

"과인이 전권을 줄 터이니 괜찮을 거요. 그 일로 형판을 괴롭히는 사람이 있다면 과인에게 알려주시오. 과인이 처리하지."

기자헌은 조금 안심한 얼굴로 대답했다.

"그럼 분부대로 하겠사옵니다."

이혼은 방을 나가는 기자헌에게 불쑥 물었다.

"형판은 금강송과 관련이 없겠지?"

그 말에 급히 돌아온 기자헌은 당황한 얼굴로 머리를 숙였다.

"신은 금강송과 결단코 관련이 없사옵니다. 만약, 신이 금강송 한 그루라도 착복을 했다면 스스로 목숨을 끊겠사옵니다."

"형판을 믿소. 형판은 과인을 실망시키지 않을 것이오. 그리고 조용히 해야 한다는 걸 잊지 마시오. 괜히 풀숲을 건드려 뱀들이 전부 도망가 버리는 상황은 없어야하니 말이오."

"명심하겠사옵니다."

돌아간 기자헌은 바로 금강송 무단점거사건 수사에 들어갔다.

두 달 후, 기자헌이 수사한 결과를 가져왔다.

이혼은 보고서에 적힌 이름을 빠르게 넘겨보며 물었다.

"모두 확실한 거요?"

"예, 전하. 증인과 증거 모두 확보했사옵니다."

"그럼 이들을 잡아들여 국문하시오. 빨리 자백하는 이는 재산을 몰수하고 끝까지 발뺌하는 이는 곤장을 치도록 하시오."

"알겠사옵니다."

이혼이 일어서는 기자헌에게 손가락을 하나 펴보였다.

"단, 조건이 하나 있소."

이혼은 기자헌에게 그 조건을 말했다.

그리고 기자헌은 고개를 끄덕였다.

이리하여 조선 역사를 뒤흔들 계책이 시작되었다.

기자헌은 의금부의 금부도사를 동원해 죄인들을 잡아들였다.

왕족은 물론이거니와 세조시절부터 공신록에 이름을 올리며 나는 새마저 떨어트릴 정도의 권세를 부리던 가문의 핵심인사들이 줄줄이 잡혀왔다. 현직 관원 역시 중앙, 지방할 거 없이 수십 명이 같은 죄목으로 잡혀왔다. 금강송 무단점거가 자신의 권력을 드러내는 한 방편으로 보일 지경이었다.

단순히 금강송 하나만 건드렸을 뿐인데 고구마줄기를 캐는 거처럼 모두 달려 나오니 기가 막힌 일이 아닐 수 없었다.

형조 옥사가 가득 차 빈 관청 하나를 새로운 옥사로 만드는 공사를 진행할 무렵, 이혼은 최담령을 은밀히 불러들였다.

최담령은 별군 대장을 맡아 정유재란에 큰 활약을 펼쳤다. 백양산결전 와중에 다테 마사무네의 진격을 늦추는 임무를 맡아 훌륭히 성공시켰다. 그래서 아군이 이기는데 큰 공을 세워 얼마 전 이루어진 논공행상을 통해 큰 상을 받았다.

최담령의 별군은 특수한 집단이었다.

소속은 병조 도원수부이지만 지시는 이혼에게 직접 받았다.

"부르셨사옵니까?"

군례를 올린 최담령은 공손히 시립해 이혼의 지시를 기다렸다.

이혼은 기자헌이 작성한 보고서를 그에게 건넸다.

"맨 뒷장을 살펴보게."

시키는 대로 보고서 맨 뒷장을 보던 최담령이 고개를 들었다.

"금강송을 무단으로 점거한 시전 상인의 목록이옵니까?"

"맞네. 별군은 그 자들을 감시하게. 그리고 정보를 모아오게."

"알겠사옵니다."

최담령은 보고서를 챙겨 별군 기지로 돌아갔다.

그리곤 부하들에게 감시할 명단을 알려주었다.

별군은 말 그대로 특수부대였다.

잠입과 암살, 감시, 정보수집 등을 위해 만든 특수집단이었다. 그런 별군에게 상인을 감시하는 일은 식은 죽 먹기였다.

다테군 1만 명을 상대로 싸우던 그들 입장에선 오히려 하품이 나올 만큼 재미없는 일이었으나 임금의 명이니 따랐다.

주요 감시 대상은 시전 상인의 두목역할을 하는 대방 조석구(趙石臼)였다. 조석구를 잡는다면 다른 상인이야 자연히 딸려올 것이 분명했다. 이 역시 고구마줄기 이론이었다. 고구마 줄기를 하나 제대로 뽑으면 고구마는 알아서 나온다.

조석구는 배포가 아주 큰 자였다.

배포가 크지 않다면 금강송을 무단 점거한 죄로 권문세가의 자제들과 왕족들이 줄줄이 잡혀가는 마당에 사람을 몰래 강원도에 보내 금강송을 베어낼 생각을 하지 못했을 것이다.

강원도의 깊은 산속에 도끼를 내려치는 소리가 쉼 없이 울려 퍼졌다. 굴에 들어가 잠을 자거나, 아니면 야행성이라 밤에 활동하던 산짐승들은 이미 다른 산으로 도망친 지오래였다.

작업장을 밝히는 조명은 횃불 몇 개가 다였다. 달빛은 휘영청 밝았으나 숲이 조밀해 달빛이 제대로 통과하지 못했다.

끼이익!

나무 밑동이 부러지는 소리가 들리더니 이내 쾅하며 커다란 고목이 바닥에 쓰러졌다. 금강송을 베어낸 인부들은 도끼와 톱으로 금강송을 잘게 잘라내 산 밑으로 굴리기 시작했다.

밤이라 작업속도는 빠르지 않았으나 어쨌든 국가 소유의 잘 자란 금강송들이 차례차례 잘려 길에 대기하던 수레에 쌓이기 시작했다. 금강송을 베어내던 인부들은 근처에 별군이 있다는 사실을 전혀 모르는 게 분명했다. 그렇지 않다면 그렇게 태연자약한 모습으로 일을 하지 못했을 것이다.

작전을 지휘하기 위해 내려온 최담령은 1소대장에게 물었다.

"몇 명인가?"

"인부 서른에 호위하기 위해 따라온 병력이 스물입니다."

"감시를 눈치 챈 거 같은가?"

1소대장은 자신 있는 얼굴로 고개를 저었다.

"전혀 모르는 눈치였습니다."

"누가 우두머리인 것 같은가?"

"김행수란 놈입니다. 희끗한 수염이 턱까지 내려오는 놈입니다."

잠시 작전을 생각하던 최담령은 이내 고개를 끄덕였다.

"도중에 쳐야겠다. 도망치는 놈이 없도록 조심해라."

"염려 붙들어 매십시오. 눈치 빠른 부하들만 데려왔으니까요."

최담령과 1소대장이 작전에 대해 상의할 무렵.

베어낸 금강송을 수레에 실은 도둑들이 근처 강으로 출발했다.

강원도는 워낙 길이 험한지라, 무게가 많이 나가는 금강송을 그대로 운송하기 어려웠다. 그래서 근처에 있는 강으로 먼저 운송해 최대한 빨리 강원도를 벗어날 계획으로 보였다.

"나루터에 도착하기 전에 해치워야한다."

최담령의 말에 1소대장 역시 동의했다.

나루터에는 뱃사공 등, 더 많은 사람들이 있을 테니 인원이 최대한 적을 때 처리하는 게 성공확률을 높이는 방법이었다.

비탈 위로 올라온 최담령은 눈을 빛내며 길 쪽을 주시했다.

달그락거리는 소리가 들리더니 황소가 끄는 수레 열 대가 나타났다. 수레 위에는 대들보에 쓸 만큼 커다란 금강송이 실려 있었다. 최담령의 시선이 수레 양 옆을 살폈다. 칼과 창을 든 호위병 스무 명이 수레와 함께 같이 이동했다. 그리고 나머지 인부 서른 명은 수레를 밀거나, 앞에서 끌었다.

최담령은 1소대장을 손짓했다.

근처에 있던 1소대장은 바로 포복을 통해 다가왔다.

"부르셨습니까?"

"여기가 좋겠다."

"알겠습니다."

"알겠지만 이번 작전의 목적은 최대한 많이 생포하는데 있다. 특히 김행수란 놈은 죽이지 마라. 그 놈이 작전의 목 표니까."

"명심하겠습니다."

1소대장은 부하들에게 작전을 설명했다.

부하들 역시 전문가인지라, 사실 길게 설명할 필요는 없 었다.

각자 자리를 잡기 무섭게 1소대장이 칼을 뽑았다.

"쳐라!"

그 순간, 위장을 벗어던진 별군 대원들은 산비탈을 미끄 러져 내려갔다. 금강송을 옮기던 자들은 돈을 노리는 화적 떼의 습격으로 안 듯 무기를 뽑더니 별군 대원들에게 달려 들었다.

도적들 입장에선 화적떼라면 두려울 게 없었다.

그들은 나름 시험을 거쳐 시전 대방 조석구의 선택을 받은 자들이었다. 그리고 시험을 통과해 조석구 밑에 들어간 후에 는 조석구가 지시하는 각종 뒤처리를 해왔던 자들이었다.

그런 자들에게 화적 열 댓 쯤이야 두려울 게 없었다.

그러나 그들이 지금 상대하는 자들은 화적이 아니라, 별 군이었다. 별군은 한 사람, 한 사람이 인간병기와 다를 바 없었다.

죽이지 말라는 지시조차 그들에겐 문제로 작용하지 않았다.

비탈길을 달리다시피하여 길로 내려온 소대장의 첫 상대는 체격이 큰 사내와 그가 휘두르는 도끼였다. 병기용 도끼가 아니말, 말 그대로 나무를 베는데 쓰는 무거운 도끼였다.

소대장은 사내가 휘두른 도끼를 옆으로 몸을 돌려 피했다. 사내가 사용한 도끼는 중병기였다. 사람이 맞으면 도끼가 주는 충격으로 인해 정신을 잃거나, 균형을 잃기 십상이었다.

그러나 맞았을 때 그렇다는 말이었다.

사내는 도끼에 실린 자기 힘을 이기지 못해 앞으로 끌려왔다.

그 모습을 냉정히 지켜보던 소대장은 칼 뒤로 뒤통수를 쳤다.

퍽!

뒤통수를 맞은 사내는 술에 취한 사람처럼 비틀거리다가 고랑 속으로 떨어졌다. 소대장은 아예 일어나지 못하게 사내의 턱을 후려 찼다. 눈이 휙 돌아간 사내가 움직임을 멈췄다.

소대장의 두 번째 상대는 날렵해 보이는 사내였다. 사내의 무기는 날이 새 다리처럼 얇은 칼이었다. 평소엔 대나무 속에 숨겨두었다가 지금처럼 필요할 때 꺼내 쓰는 칼이었다.

휙휙!

칼이 허공을 찌를 때마다 날이 좌우로 움직였다. 도법에 자신이 있는지 다리를 재빨리 움직이며 이쪽저쪽에서 공격해왔다.

이런 무기를 처음 상대하는 사람이었으면 온 몸에 피를 뿌리며 과다출혈로 죽어갔을 것이다. 그러나 소대장에게는 왜군이 사용하는 갖가지 무기를 상대해본 경험이 있었다. 그리고 그 무기를 사용하는 법 역시 상대보다 훨씬 더 잘 알았다.

가볍거나, 빠른 무기는 힘으로 상대해야했다.

소대장은 허리를 안으로 젖혀 상대의 칼을 피하기 무섭게 앞으로 크게 한 발 내딛으며 두 손으로 칼을 잡아 휘둘렀다.

붕!

칼날이 상대의 허리를 향해 날아갔다.

상대 역시 자기가 가진 가벼운 칼로는 소대장이 전력을 다해 휘두르는 칼을 막아내기 어렵다는 것을 아는지 몸을 날렸다.

그 순간, 반대쪽 발을 앞으로 크게 내뻗은 소대장은 옆으로 휘두르던 칼을 멈춰 세웠다. 그리곤 머리 위로 다시 끌어올려 도망치는 상대의 정수리를 향해 전력으로 내리찍었다.

상대는 더 이상 도망칠 수 없다는 생각을 했는지 급히 칼을 들어 올려 소대장이 내려친 칼을 막으려 하였다. 그러나 그 가벼운 칼로는 소대장이 전력으로 내려친 칼을 막지 못해 칼이 밀리며 오히려 상대가 자기 칼에 찔릴 위기였다.

그러나 상대는 운이 좋았다.

소대장은 적을 최대한 생포하란 명을 받았다.

소대장은 칼을 옆으로 치우며 대신 오른 다리를 앞으로 뻗었다.

퍽!

사타구니를 정통으로 차인 상대는 몸을 들썩이다가 두 손으로 사내의 중요한 곳을 감싸더니 바닥을 데굴데굴 굴렀다. 터지진 않았지만 당분간은 제대로 서는 게 힘들 것이다.

소대장은 앞을 막아서는 두 명을 더 쓰러트린 후에 고개를 돌려 주변을 살펴보았다. 부하 네 명이 인부들을 한곳으로 몰아넣는 중이었다. 인부 몇 명이 도끼나, 톱 등 금강송을 자를 때 사용한 장비로 저항을 시도했지만 곧 진압 당했다.

다른 부하들은 호위병들을 차례차례 제거하는 중이었다. 어쩔 수 없는 경우에는 피를 봤지만 대부분은 산채로 생포하는 중이었다. 둘 사이에 실력 차가 그 만큼 크다는 반증이었다.

소대장은 다른 방향을 살폈다.

호위병 두 명이 수염이 긴 사내와 함께 서쪽에 있는 개울로 도망치는 중이었다. 첨벙첨벙하는 소리가 똑똑히 들려왔다.

소대장은 즉시 그 쪽으로 몸을 날렸다.

그리곤 허리띠에 찬 단도를 뽑아 손가락에 끼었다.

별군 훈련을 담당한 왜국의 닌자들에게 단도나, 표창 던지는 법을 배워 지금은 아주 능숙하게 사용이 가능한 무기였다.

조명은 거의 없었지만 그나마 달빛이 그를 도와주었다.

소대장은 호위병의 등에 단도를 힘껏 뿌렸다.

쉭!

날카로운 파공음을 내며 날아간 단도가 호위병의 등에 박혔다.

첨벙!

개울을 건너던 호위병이 그대로 쓰러져 물이 사방으로 튀었다.

수염이 긴 사내와 남은 호위병 한 명은 동료를 그냥 놔둔 채 자기들끼리만 계속 도망쳤다. 소대장은 달려가며 다시 한 번 단도를 뽑아 뿌렸다. 빙글빙글 돌아가던 단도가 호위병의 허벅지 뒤에 박혔다. 호위병은 허벅지를 질질 끌다가 수염이 긴 사내에게 몇 마디 속삭이곤 소대장을 기다렸다.

"나를 기다렸느냐?"

싸늘히 중얼거린 소대장은 호위병이 휘두르는 칼을 가볍게 피하곤 팔을 잡아 뒤로 획 꺾었다. 팔은 더 이상 비틀릴 수 없을 때까지 비틀렸다가 뚝 소리를 내며 결국 부러졌다.

소대장은 고통에 비명을 지르는 호위병을 개울가로 차버린 다음, 도망치는 수염 긴 사내를 쫓았다. 그 수염 긴 사내가 김행수로 그들이 오늘 밤 반드시 잡아야하는 목표였다.

산비탈을 미친 듯이 기어오르던 김행수는 소대장이 바짝 따라붙은 모습을 확인하더니 돌과 흙을 닥치는 대로 던졌다.

팔을 위로 올려 돌과 흙을 막은 소대장은 마침내 김행수의 다리가 보이는 지점에 도착해 손을 위로 뻗었다. 그러나 김행수 역시 조석구가 위험한 일을 맡길 만큼 한 가락 하는 자였다. 기다렸다는 듯 다리를 움츠려 소대장의 낚아채려는 손을 피하더니 다시 다리를 쭉 뻗어 얼굴을 찍어왔다.

"흥."

코웃음 친 소대장은 자유로운 왼손으로 다리를 밀어 피해냈다. 그리곤 다시 왼손으로 발목을 잡아 밑으로 끌어내렸다.

"으악!"

비명을 지른 김행수는 50도에 이르는 경사를 빙그르르 구르다가 개울가에 쳐 박혔다. 무게를 지탱하던 나무뿌리를 놓은 소대장은 따라 내려와 일어서는 김행수의 뒷목을 잡았다.

쉭!

그 순간, 은빛이 개울을 비추는 달빛 가운델 빠르게 갈랐다.

7장. 개혁의 속도

光海錄

7장. 개혁의 속도

소대장은 본능적으로 고개를 돌렸다.

날 선 비수가 턱을 지나 귀 뒤로 흘러갔다.

김행수가 구명용도로 사용한 회심의 일격은 그렇게 빗나갔다.

소대장은 팔을 꺾어 소대장이 쥔 비수를 바닥에 떨어트렸다. 그리곤 좀 전의 급습에 복수하기 위해 더 손을 쓰려다가 이내 멈췄다. 어쨌든 김행수는 멀쩡한 상태로 넘겨줘야했다.

"내가 아니더라도 어차피 네 놈은 끝났어."

소대장은 가져온 밧줄로 김행수를 묶어 길 쪽으로 떠밀었다.

길 쪽의 상황은 이미 정리가 끝나있었다.

최담령마저 밑으로 내려와 현장을 살펴보는 중이었다.

소대장은 김행수를 넘겨주며 부소대장에게 상황파악을 받았다.

잠시 후, 최담령이 다가와 물었다.

"상황을 보고하게."

"50명 전부 체포했습니다."

"양측의 피해는?"

"우리야 당연히 없습니다. 그리고 저쪽은 몇 명이 죽고 다친 모양인데 큰 피해는 아닙니다. 목표했던 놈을 잡았으니까요."

소대장은 부소대장과 같이 있는 김행수를 가리켰다.

김행수를 본 최담령은 소대장의 어깨를 두드렸다.

"잘했네. 자네들은 체포한 인원을 도성으로 압송하게."

"이놈들이 훔친 금강송은 어떻게 합니까?"

"다른 벌목지에 있는 인부들을 불러다가 도성으로 옮길 걸세. 경복궁에 금강송이 많이 필요하다니 그 쪽에 사용하겠지."

별군은 김행수 등 금강송을 절도하던 도적들을 잡아 도성으로 압송했다. 그리고 바로 형조에 넘겨 문초에 들어갔다. 김행수 등은 현행범이었다. 변명이나, 거짓이 통하지 않았다.

얼마 지나지 않아 김행수가 먼저 조석구의 이름을 실토했다. 형조판서 기자헌은 바로 의금부에 부탁해 조석구를 잡아왔다. 그리고 다시 조석구를 문초해 다른 상인을 잡아들이기 시작했다. 그들은 국가 소유의 금강송을 절도하여 저택이나, 별장, 심지언 애첩이 사용할 정자를 만들기까지 하였다.

형조판서 기자헌은 그야말로 시전을 쑥대밭으로 만들었다. 하나 건너 한집이 이번 수사에 걸려들어 문을 닫아야 했다.

이혼은 바로 조회를 열어 대신들을 소집했다.

"형조판서는 그 동안 수사한 결과를 조정에 보고토록 하시오."

의복을 단정히 한 기자헌이 한 발 앞으로 나왔다.

"예, 전하. 이번 수사로 시전 상인 100여 명 중 40여 명이 금강송 절도와 판매 등에 관련이 있는 것으로 드러났사옵니다."

기자헌의 보고를 들은 이혼은 대신들에게 하문했다.

"경들은 이 일을 어찌 처리하였으면 좋겠소?"

성격이 대쪽 같은 이조판서 이원익이 가장 먼저 입을 열었다.

"국법을 어긴 자들이니 엄히 다스려야할 줄 아옵니다."

대부분 이원익과 같은 생각이었다.

그때, 좌의정 이산해가 끼어들었다.

"국법을 어겼으니 엄히 다스려야한다는 생각에는 신 역시 동의하는 바이옵니다. 그러나 그들은 임진년과 정유년에 사재를 털어 의병을 일으켰으며 함경도로 피난 간 왕실의 살림이 곤궁해졌을 때는 식료와 옷가지를 보내준 전력이 있사옵니다. 그들을 엄히 다스림과 동시에 인정을 보여주시면 그들이 감복하여 다시는 그런 짓을 하지 못할 것이옵니다."

"인정이라……. 좋소."

이혼은 의외로 시원하게 고개를 끄덕였다.

"죄의 경중에 따라 곤장을 치거나, 아니면 벌금을 내게 하시오."

"성은이 망극하옵니다!"

대신들은 이혼이 말한 대로 처리했다.

죄가 무거운 자들은 곤장을 쳤다.

그리고 죄가 가벼운 자들은 벌금을 내게 만들었다.

이는 이산해가 주장한대로 인정을 보여주는 조치였다.

그 전에 잡혀 들어온 왕족이나, 권문세가의 후손들은 모두 재산을 몰수당했다. 또, 금강송을 절도하는데 깊이 관여한 자들은 귀양에 처해지거나, 아니면 옥사에 갇혀 노역을 하였다.

한데 시전 상인들을 은혜를 원수로 갚기 시작했다.

그들은 자신들이 그 동안 조정에 해준 게 얼마인데 고작 금강송 하나로 이런 처벌을 받았다는 사실에 분노한 것이다.

이는 오히려 이혼이 바라던 일이었다.

이혼은 금강송 같은 하찮은 문제로 시전을 없애버리면 시전 상인의 반발은 물론이거니와 음으로, 양으로 시전과 결탁해 그 콩고물을 받아먹던 자들이 들고 일어날 것임을 알았다.

그러나 인정을 한번 보여준 다음이라면 일이 훨씬 쉬워졌다.

그에게 명분이 서는 것이다.

그들이 은혜를 원수로 갚는 그 상황 자체가 그의 명분이었다.

이혼은 국정원장 강문우를 불렀다.

국정원은 현재 외사(外司)와 내사(內司)로 나뉘어있었는데 외사는 국외, 즉 왜국과 여진족, 명나라의 동향을 파악했다. 반면, 내사는 국내를 담당했는데 역모, 비리를 감시했다.

이혼이 강문우를 부른 이유는 그 중 내사에 관한 일로였다.

"국정원 내사의 감시망에 걸려든 자들이 있다는데 사실이오?"

강문우가 앞으로 다가앉으며 목소리를 낮췄다.

"예, 전하. 이름은 이몽학(李夢鶴)이란 자인데 동갑회(同甲會)라는 단체를 결성해 무리들을 대거 끌어들이는 중이옵니다."

이혼은 눈을 빛내며 물었다.

"이몽학은 대체 어떤 자요?"

"임진년 무렵에 군에 들어와 전쟁을 겪은 자들 중 하나인데 전후에 이루어진 논공행상에 불만을 품은 것으로 아옵니다."

"타당한 불만이었소?"

이혼의 질문에 강문우는 고개를 가로저었다.

"오히려 운이 좋은 편이었사옵니다. 군에 있을 당시, 사병을 함부로 폭행하거나, 군수품을 도적질하여 징계를 여러 차례 받았음에도 전후에 상황이 어수선해 풀려난 자이옵니다."

"언제 시작할 거 같소?"

"머지않아 움직일 거라는 게 저희들의 공통적인 생각이옵니다."

이혼은 손가락으로 책상을 반질반질한 부분을 문지르며 물었다.

"이몽학의 진영에 국정원 사람이 잠입해 있소?"

"예, 얼마 전 몇 사람 넣어두었는데 그 중 하나가 꽤 높은 곳까지 올라가 현재 이몽학의 장자방역할을 하는 중이옵니다."

이혼의 머릿속에 한 사람의 얼굴이 퍼뜩 지나갔다.

"과인이 아는 사람이오?"

"예, 전하."

"음, 그러면 잘 해내겠군."

"신 역시 그렇게 생각하옵니다."

강문우의 대답에 잠시 생각하던 이혼은 계책을 하나 꺼냈다.

열심히 귀를 기울이던 강문우는 조금 놀랐는지 눈을 크게 떴다. 그러나 곧 고개를 끄덕이고는 조용히 궁을 빠져나왔다.

***

충청도 홍산(鴻山), 지금으로 치면 부여(扶餘)부근에 천년고찰로 유명한 무량사(無量寺)가 있었다. 평소에는 독경 소리가 고즈넉이 들려오던 경내였는데 오늘은 뭔가 달랐다. 오늘은 사람들로 가득해 마치 시장바닥에 와있는 것 같은 기분이었다. 승려들이 모여 있으면 오늘 큰 불회(佛會)가 있나 싶겠지만 그것도 아닌 게 속인(俗人)들이 적잖이 보였다.

속인들의 차림새는 제각각이었다. 갓에 비단 두루마기까지 갖춰 입은 양반부터 시작해 저고리 앞섶을 풀어헤친 시장바닥의 왈짜들까지 각양각색의 속인들이 무량사에 모여 있었다.

그들은 극락전 앞마당에 모여 사람들의 웅변에 호응하거나, 박수를 치며 한껏 분위기를 띄우는 중이었다. 웅변의 내용은 제각각이었지만 그 대상은 모두 같았다. 바로 이혼이었다.

사람들은 한 명씩 앞마당 가운데로 나와선 이혼에 대한 불만을 쏟아냈다. 직업을 잃어버린 전직 관원의 성토대상 역시 이혼이었으며 전란 중에 하극상으로 쫓겨난 전직 군인의 성토대상 역시 이혼이었다. 그리고 그냥 아무 이유 없이 지금 사회에 불만을 가진 자들의 성토대상 역시 이혼이었다.

사람들이 이혼에게 욕과 저주를 퍼부을 때마다 함성소리가 높아졌다. 그들의 눈은 정체를 알 수 없는 열망으로 가득했는데 그 열망이 곧 살기와 증오로 바뀔 게 분명해보였다.

집회가 한창 무르익었을 무렵.

누구보다 강한 어조로 이혼과 조정을 비판한 승려 하나가 마지막으로 합장을 하며 불호를 외우더니 밖으로 빠져나왔다.

그를 발견한 사람들이 하나둘 다가와 합장했다.

"무록대사(無錄大師), 정말 가슴이 뜨거워지는 연설이었소이다."

"과찬이이시오."

합장으로 가볍게 답례한 무록대사는 서둘러 뒷마당으로 향했다.

극락전 마당에서 열린 집회에 다들 정신이 팔려있는 덕분에 뒷마당은 상대적으로 조용한 편이었다. 가끔 극락전 근처에서 울려 퍼지는 함성소리만 어렴풋이 들려올 따름이었다.

뒷마당에는 그 동안 원적한 고승들의 사리를 모신 사리탑이 쭉 늘어서있었다. 무록대사는 주위를 힐끔 둘러본 다음, 그 중 가장 안쪽에 있는 사리탑으로 걸어가 합장을 하였다.

"나무아미타불 관세음보살."

불호를 외운 무록대사는 다시 한 번 주위를 둘러보았다.

침입자를 경계하는 새들의 지저귐 외에 다른 소리는 없었다.

안전을 확인한 무록대사는 사리탑 가운데 손을 넣었다가 다시 뺐는데 그의 손에는 어느새 말려있는 종이가 들려있었다.

무록대사는 사리탑 뒤로 돌아가 말려있는 종이를 급히 펼쳤다.

숫자 수십 개가 빼곡하게 적혀있었다.

승포의 소맷자락을 펼친 무록대사는 소매에 끼워둔 법화경(法華經)을 꺼내 숫자와 법화경의 구절을 비교하기 시작했다.

잠시 후, 숫자 해독을 모두 마친 무록대사는 종이를 입에 넣어 잘근잘근 씹었다. 종이가 두꺼워 잘 씹히지 않았으나 침을 묻혀가며 한동안 씹어대니 조금씩 녹아들기 시작했다.

꿀꺽!

종이를 깨끗이 삼킨 무록대사는 극락전으로 돌아가기 위해 대웅전 옆으로 돌아갔다. 막 대웅전을 지나 극락전으로 들어서는 순간, 대웅전 문이 열리며 비쩍 마른 사내가 나왔다.

푸른색 철릭을 입었으며 허리에는 장군처럼 큰 칼이 찼는데 광대뼈가 튀어나온 얼굴에 눈이 움푹 들어가 있어 다소 음침한 인상을 주었다. 무엇보다 눈빛이 아주 독특했다. 뱀의 눈을 닮아 그와 시선이 마주치는 사람은 몸을 흠칫 떨었다.

그 자가 바로 국정원의 주시를 한 몸에 받는 이몽학이었다.

이몽학은 무록대사가 지나온 뒤편을 힐끔 보며 물었다.

"대사는 지금 어디서 오는 길이오?"

쇠를 손톱으로 긁는 거처럼 아주 쉰 목소리였다.

무록대사의 두뇌회전은 전광석화와 같았다.

그가 아는 이몽학은 음침한 성격에 의심이 많은 자였
다.

그런 자가 저런 질문을 던졌다는 것은 그가 어디에 갔는
지 안다는 의미였다. 만약, 그가 본 것과 다른 대답을 한다
면 그는 의심을 받아 서서히 죽음의 구렁텅이에 빠져들 것
이다.

무록대사는 마음을 가라앉히기 위해 합장을 하며 대답
했다.

"사리탑에 갔었지요."

"거긴 왜 갔소?"

"대사의 성공을 기원하기 위해 갔었지요."

"흐음."

무록대사를 힐끔 본 이몽학은 극락전으로 휘적휘적 걸
어갔다.

"따라오시오. 거사로 인해 회합(會合)을 열어야겠소."

"그러지요."

무록대사는 안도의 숨을 쉬며 극락전으로 걸음을 옮겼
다. 그가 사리탑이 아닌, 다른 장소를 댔다면 틀림없이 의

심을 샀을 것이다. 무록대사는 경계하며 이몽학의 뒤를 따라갔다.

극락전 안으로 들어간 무록대사는 정면에 놓여있는 커다란 금불상 앞에 나아가 절을 올리며 나지막이 불호를 외웠다.

극락전 안에는 벌써 다른 사람들이 도착해 두 사람을 기다리는 중이었는데 이몽학을 따라 역모에 가담한 자들이었다.

좌정한 이몽학은 예의 그 쉰 목소리로 입을 열었다.

"드디어 때가 도래했소이다."

모인 사람들 중 하나가 급히 물었다.

"그럼 그 일이 성공한 겁니까?"

이몽학은 고개를 끄덕이며 대답했다.

"충청사단 1연대 5대대장 한현(韓絢)장군이 우리와 뜻을 같이 하기로 하였소. 봉기 시점은 내달 초사일쯤일 것이오."

사람들은 서로의 얼굴을 보며 비장한 표정을 지었다.

말로만 떠들던 일이 마침내 실체적인 형체를 띠어갔다.

무록대사는 팔짱을 낀 채 고개를 좌우로 까딱거렸다.

그 모습을 놓칠 리 없던 이몽학이 물었다.

"대사는 내 계획이 마음에 들지 않으시나 보오?"

"꼭 그런 건 아니지만……."

"괜찮으니 말해보시오. 나는 이혼처럼 꽉 막힌 사람이

아니오."

그의 재촉에 무록대사는 팔짱을 풀며 진지한 표정을 지었다.

"장군은 한현이 우릴 도와주면 이길 수 있을 거라 보시는지요?"

"어렵겠지만 불가능한 일은 아닐 것이오. 창업한 군주들 대부분은 그보다 훨씬 강한 적을 상대로 싸워 이겼지 않소? 내가 그들보다 뭐가 부족하여 못할 거라 생각하는 것이오?"

이몽학의 질문은 힐난에 가까웠다.

무록대사는 쓴웃음을 지었다.

이 이몽학이란 자는 지닌 능력에 비해 자존심이 너무 강했다.

그리고 그런 자들의 말로는 뻔했다.

파멸, 아니면 자멸이었다.

그러나 무록대사는 감정을 드러내지 않으며 대답했다.

"장군도 임진년에 군에 있었으니 군이 얼마나 강한지 알 거라 생각합니다. 한현을 끌어들이면 물론 좋습니다. 정규군이 가진 무기와 병력을 지원받는다면 성공할 확률이 올라갈 겁니다. 적어도 홍천 근처 몇 고을은 점령할 수 있겠지요. 그러나 그게 다입니다. 도성을 지키는 근위사단이 내려오는 순간, 곧 토벌을 당해 목숨을 부지하기 어려울 것입니다."

무록대사를 노려보던 이몽학은 불쾌한 어조로 다시 물었다.

"그래서 대사는 우리가 어떻게 해야 한다는 것이오?"

"두 군데를 동시에 공략해야 그나마 성공가능성이 있을 겁니다."

"두 군데?"

무록대사는 이미 생각해놓은 듯 거침없이 대답했다.

"한 곳은 이곳 홍천입니다. 홍천관아를 점거하면 저들은 도성에 있는 근위사단을 내려 보내 우리를 진압하려 들 것입니다."

무록대사의 자신만만한 대답에 이몽학 역시 점점 빠져들었다.

"그럼 다른 한 곳은 어디요?"

"당연히 도성이지요."

무록대사의 대답에 이몽학은 물론이거니와 자리에 있던 다른 사람들 역시 눈을 크게 뜨며 쉽게 믿지 못하는 눈치였다.

뱀처럼 차가운 빛을 발하던 이몽학의 눈이 광채로 번쩍였다.

"대가리를 치자는 말이오?"

"그렇습니다. 원래 이런 일은 대가리를 누가 먼저 치냐의 싸움이지요. 팔다리는 아무리 잘라내 보았자 다시 붙이면 그만입니다. 그러나 대가리는 자르면 다시 붙이지 못하지요."

이몽학은 내키지 않는 얼굴로 물었다.

"우리는 도성에 연고가 없는데 어떻게 대가리를 자른단 말이오?"

"없으면 만들어야지요."

무록대사는 바로 계책을 설명했다.

다 들은 이몽학은 고개를 끄덕였다.

"좋소. 대사가 이처럼 자신만만하게 나오니 한 번 믿어보겠소."

이몽학의 허락을 받은 무록대사는 바로 도성을 향해 출발했다.

한편, 무록대사가 가려는 도성에는 풍운이 감도는 중이었다.

북촌에 있는 유명한 기생집 앞에 두 사내가 서있었다.

두 사내 중 오른쪽에 있는 사람은 별군의 최담령이었다. 그리고 옆에 있는 사람은 국정원이 파견한 내사 소속 간부였다.

최담령이 내사 간부에게 쌀쌀맞은 음성으로 물었다.

"그럼 궂은일은 우리가 다 하고 좋은 건 국정원이 먹는 거요?"

간교해 보이는 간부는 웃으며 손을 휘휘 저었다.

"에헤, 훌륭하신 별군 대장님 입에서 어찌 그런 숭악한 말이 다 나오나 모르겠네. 다 좋자고 하는 일인데 좀 도와 주시죠."

최담령은 쓴웃음을 지었다.

"뭐 상부의 지시이니 따르기야 하겠소만."

그 순간, 간부가 급히 화제를 돌렸다.

"앗, 나옵니다. 저자가 박대행수입니다. 조석구의 오른팔과 같은 놈이지요. 저 놈만 잡으면 일은 끝난 거나 마찬가집니다."

"오른팔이면 조석구에 대한 충성심이 클 게 아니오?"

간부가 파리 쫓듯 손을 휘휘 저었다.

"에헤, 우리가 사전에 다 조사를 해봤지요."

"해봤는데?"

"조석구 몰래 돈을 뻥땅쳐 계집에게 갖다 바치는 호구더군요. 그런 놈이 조석구에게 충성심이 있으면 얼마나 있겠습니까?"

그 순간, 기생집 안에서 50대로 보이는 뚱뚱한 사내가 비척거리며 걸어 나왔는데 술에 잔뜩 취한 모습이었다. 그는 살집이 두둑해 몸에 두른 도포가 터져나갈 거 같은 사내였다.

최담령은 말없이 손가락을 까딱거렸다.

그 순간, 나무 그늘 뒤에서 모습을 드러낸 별군 대원 두 명이 사내의 뒤를 추격했다. 그리고 1시간이 채 지나기 전에 박대행수라 불리는 사내는 국정원 안가 지하에 잡혀 들어왔다.

얼굴에 가면을 쓴 간부가 박대행수의 턱을 잡아 위로 올렸다.

"넌 내가 누군지 모르겠지?"

박대행수는 겁을 잔뜩 먹은 얼굴로 고개를 열심히 끄덕였다.

"그, 그렇소."

"나는 저승사자다. 너희 같은 버러지들만 잡아 족치는 저승사자란 말이지. 그러나 너는 전생에 공덕을 많이 쌓았는지, 아니면 네 조상들이 좋은 일을 많이 했는지 몰라도 여하튼 네 놈에겐 이곳을 산 채로 빠져나갈 방도가 하나 생겼다."

"그, 그게 무엇입니까?"

"너는 시키는 대로 해라. 그러면 구렁텅이에서 건져주겠다. 믿기 어렵다면 높은 분이 직접 서명한 사면장을 네게 주마."

"사, 사면장을 말입니까?"

간부가 손짓하니 어느새 탁자 위에 종이 한 장이 놓여 있었다.

박대행수의 눈이 찢어질 듯 커졌다.

사면장 밑에 형조판서 기자헌의 도장이 찍혀있었다.

대행수란 직위는 노름해 딴 게 아니었다.

시전은 원래 조정과 거래하는 일이 많아 판서의 직인을 알아보지 못할 리 없었다. 그에겐 위조를 알아볼 능력이 있었다.

형조판서가 직접 도장을 찍은 사면장이 분명했다.

박대행수의 얼굴에 살아남았다는 안도감이 보이기 시작했다.

"제, 제가 어떻게 하면 좋겠습니까?"

다음 날, 박대행수는 멀쩡한 얼굴로 업무에 복귀했다.

박대행수의 업무는 조석구가 소유한 시전 점포를 관리하는 일이었다. 그 날 저녁, 점포를 돌며 하루 매상을 수금한 박대행수는 조석구를 찾아가 오늘 발생한 수익을 전달했다.

곤장을 열대나 맞은 조석구는 금침 위에 엎드려 그를 맞았다.

애첩에게 허리를 주무르라 시킨 조석구가 화를 내며 물었다.

"매상이 왜 이리 줄었느냐?"

조석구의 애첩을 힐끔 본 박대행수가 대답했다.

"조정은 물론이거니와 단골들 역시 거래를 줄이고 있습니다."

"왜?"

"주상전하의 눈치를 보는 게지요."

"이런 염병할!"

갑자기 소리를 지른 조석구 때문에 애첩이 화들짝 놀라 물었다.

"소, 소첩이 잘못했사옵니까?"

"아니다. 너는 잠시 나가 있어라."

"예, 나리."

애첩은 더 이상 있기 싫다는 듯 서둘러 사랑채를 빠져나 갔다.

둘만 남기를 기다린 조석구가 물었다.

"뇌물을 먹여봤느냐?"

"어디에 말입니까?"

조석구가 성을 냈다.

"당연히 조정에 있는 놈들이지 그럼 누구이겠느냐?"

박대행수가 어림없다는 표정으로 고개를 저었다.

"지금 뇌물을 먹였다가 받지도 않을뿐더러 오히려 뇌물 을 건넨 죄로 우리가 당할 수 있습니다. 상황이 아주 심각 합니다."

주먹으로 바닥을 후려친 조석구가 쌍심지를 켰다.

"그럼 나는 이대로 죽어야한다는 말이냐?"

두툼한 턱살을 쓰다듬던 박대행수가 가까이 앉으며 말 했다.

"방법이 하나 있긴 한데……."

"뭔데 그러는 것이냐?"

"이몽학이라는 사람을 아십니까?"

"모르는데. 그자가 누군데 그러는 것이냐?"

박대행수가 조석구의 귀에 귓속말을 하였다.

한참 후, 조석구가 조금 긴장한 얼굴로 침을 삼키며 물었다.

"그게 가능한 것이냐?"

"가능이야 하지요. 우리가 제대로 도와준다면. 그리고 성공한다면 그 다음일이야 대방님도 아실 겁니다. 우리 세상이지요."

"흐음."

한참 고민하던 조석구가 눈을 가늘게 뜨며 물었다.

"그쪽에 연락할 수단이 있느냐?"

"걱정하지 마십시오. 그쪽에서 먼저 사람을 하나 보냈습니다."

"누군데?"

"무록이라는 땡중인데 이몽학이 부리는 자라 하더이다."

"알겠다. 네가 한 번 일을 성사시켜보아라."

"그럼."

조석구의 저택을 나온 박대행수는 국정원 간부를 만나

방금 한 대화의 내용을 토씨 하나 **빼놓지** 않고 모두 전달했다.

그리곤 간부에게 다시 지시사항을 받아 돌아갔다.

며칠 후, 무록대사는 조석구를 만나 거사에 대해 상의하였다.

이미 눈이 뒤집혀있던 조석구는 이몽학이 꾸민 거사에 막대한 자금을 지원하기로 약속했다. 그리고 자금을 지원받은 이몽학은 홍천과 도성 양쪽에서 거사를 일으키기로 하였다.

거사에 성공하는 즉시, 이몽학은 권력을, 조석구는 상권을 나눠 갖기로 합의했다. 물론, 동상이몽이었다. 권력이 있으면 상권 역시 자연히 따라오는데 누가 하나만 갖길 원하겠는가. 그러나 어쨌든 두 사람은 힘을 합쳐 거사를 꾸몄다.

이몽학은 무량사, 도천사(道泉寺)에서 훈련에 열중하던 부하들을 조석구의 점포에 취업한 일꾼으로 위장해 도성에 들여보냈다. 그리고 날이 밝는 대로 거사에 나서기로 결정했다.

박대행수를 통해 거사가 임박했음을 안 강문우는 이혼에게 보고했다. 잠시 생각하던 이혼은 병조판서 정탁을 불렀다.

정탁은 급히 입실해 물었다.

"급한 일이 있다는 전갈을 받았는데 무슨 일이옵니까?"

"도원수는 지금 어디 있소?"

"왕십리에 있는 육군훈련소를 점검하러 갔사옵니다."

"도원수를 불러 도성에 역모가 일어날 거라 전하시오."

"역, 역모 말이옵니까?"

좀처럼 놀라는 법이 없던 정탁마저도 역모란 소리엔 기겁했다.

"그렇소."

이혼은 정탁에게 국정원이 실시한 작전의 내용을 알려주었다.

정탁은 바로 일어났다.

"바로 진압할 준비를 하겠사옵니다."

"증거가 중요하니 현장을 잡으시오."

"염려 마시옵소서."

정탁은 도원수 권율을 불러 역모를 진압하라는 명을 내렸다.

왕십리 육군훈련소를 둘러보다가 급히 도성으로 돌아온 권율은 근위사단장 권응수에게 명해 군대를 움직이기 시작했다.

권율은 먼저 도성에 항시 대기 중이던 근위사단 1연대를 이혼의 행궁 근처에 매복시켰다. 그리고 홍천에 있는 이몽학을 제거하기 위해 충청사단장 영규에게 파발마를 띄웠다.

매복하란 명을 받은 1연대장 황진은 행궁 정문 양쪽에 1
대대와 2대대를, 그리고 행궁 뒷문 양쪽에 3대대와 5대대
를 보냈다. 궁 안쪽은 금군이, 바깥은 1연대가 지키는 구도
였다.

시간이 자정을 넘어 새벽에 이르렀을 무렵.

시전을 빠져나온 사내들이 삼삼오오모여 행궁으로 움직
이기 시작했다. 평소에는 순찰을 도는 포도군사들로 가득
한 곳이었지만 지금은 어쩐 일인지 그림자조차 보이지 않
았다.

반란군이 이번에 동원한 병력은 이몽학이 7백, 조석구
가 3백으로 총 1천이었으며 각각 무록대사와 박대행수가
이끌었다.

삼삼오오모여 행궁으로 진격하던 반란군은 행궁 남서쪽
1킬로미터 지점에 집결해 병력을 두 갈래로 나누었다. 먼
저 수가 많은 이몽학의 병력 7백이 무록대사와 함께 남쪽
에 있는 행궁 정문으로 움직였다. 그리고 양동공격을 맡은
박대행수가 지휘하는 병력 3백이 북쪽에 있는 북문으로
향했다.

땀으로 흠뻑 젖은 박대행수는 두툼한 뱃살을 파도처럼
출렁이며 북문으로 달려가 근처에 있는 민가 처마 밑에 숨
었다.

양동공격의 목적은 하나였다.

조공부대가 다른 곳을 공격해 적의 주의를 그쪽으로 끄는 사이, 주력부대가 원래 목표한 곳을 공격하는 게 목적이었다.

수가 적어 조공부대를 맡은 박대행수가 공격을 명했다.

"진격!"

그 순간, 어둠 속에 앉아있던 사내들이 벌떡 일어나 북문으로 달려갔다. 그들의 손에는 용아와 조총, 그리고 장창과 활 등이 들려있었다. 용아와 조총은 한현이 충청사단 무기고에 있던 무기를 몰래 빼내온 것으로 그 수는 비록 적지만 이번 반란의 핵심역할을 해줄 것으로 기대하는 중이었다.

수건으로 목에 흐르는 땀을 연신 닦아내던 박대행수가 옆에 있던 간부들에게 앞서간 부하들을 따라가라는 지시를 내렸다.

간부 중 하나가 물었다.

"대행수님은요?"

박대행수가 멋쩍은 미소를 지었다.

"나는 걸음이 느리지 않은가. 곧 따라잡겠네."

박대행수의 말에 미심쩍은 표정을 짓던 간부들은 부하들의 뒤를 쫓아 북문으로 달려갔다. 그들이 없어지길 기다렸던 박대행수는 슬며시 어둠 속으로 들어가 자취를 감추었다.

한편, 북문으로 달려가던 반란군은 한현이 몰래 반출한 죽폭에 불을 붙여 행궁 북문에 던지려 하였다. 소란스럽게 만드는 게 그들의 목적이었다. 그래야 남문을 공격하는 주력이 보다 쉽게 성공할 수 있었다. 그러나 죽폭을 던지지 못했다.

돌연 북문 좌우 양쪽에서 총성이 울려 퍼지기 시작했다.

총성이 울릴 때마다 반란군이 피 보라를 뿌리며 바닥을 굴렀다.

총구 화염이 마치 불꽃놀이 하듯 번쩍였다.

당황한 반란군은 적이 어디에 있는지 파악하지 못하는 바람에 닥치는 대로 총을 쏘았다. 임진년과 정유년의 전쟁을 연달아 치르며 살벌한 전투를 경험한 1연대와 고작 몇 달 훈련한 반란군 사이엔 말로 설명이 불가능한 차이가 존재했다.

북문 좌우 양쪽에 매복해 교차사격을 가한 1연대는 우왕좌왕하며 사방으로 흩어졌다가 다시 모이길 반복하는 반란군을 상대로 마치 연습사격을 하듯 침착하게 공격을 해나갔다.

"죽폭을 던져라!"

지휘관의 외침에 척탄병이 앞으로 달려가 불이 붙은 죽폭을 던졌다. 팔 힘이 가장 센 척탄병이 전력을 다해 던진 죽폭은 수십 미터를 날아가다가 반란군 머리 위에서 폭발했다.

죽폭에 집어넣은 쇠 조각이 사방으로 비산하며 근처에 있던 반란군 몸에 상처를 입혔다. 왜군조차 떨게 만든 죽폭이었는데 갑옷을 갖추지 못한 반란군이야 그 적수가 아니었다.

죽폭이 터질 때마다 반란군이 한 뭉텅이씩 쓰러졌다.

1연대 장교들은 앞으로 달려 나가며 병사들을 이끌었다.

"각 부대 진격하라!"

죽폭에 당해 정신없는 반란군에게 돌격한 1연대는 약실에 장전해둔 탄환을 쏘아 외곽을 먼저 무너트렸다. 그리곤 안으로 파고들어 착검한 총검으로 도망치는 반란군을 찍어 눌렀다.

총검이 막힌 병사들은 개머리판을 휘둘러 닥치는 대로 찍었다.

콰직!

질 좋은 호두나무로 제작해 단단하기 짝이 없는 개머리판은 철퇴와 다름없어 찍힐 경우, 뼈가 부러지는 충격을 입었다.

"역도들이 도망친다!"

병사들은 도망치는 반란군에게 용아를 발사해 도주를 막았다.

순식간에 동, 북, 서 세 방향이 모두 막혀 포위당한 반란군은 행궁 북문을 향해 달려갔으나 그들을 기다리는 것은 금군의 날선 대응이었다. 금군은 1연대보다 더 무자비했다.

1연대야 도성 방어가 목적이지만 기영도가 지휘하는 금군은 왕실의 수호와 군왕의 호위가 그들에게 주어진 임무였다.

그러니 행궁으로 달려든 반란군을 그들은 용서할 수 없었다.

무자비한 살육이 끝난 후에 살아남은 반란군이 거의 없었다.

8장. 반란의 결말

光
海
錄

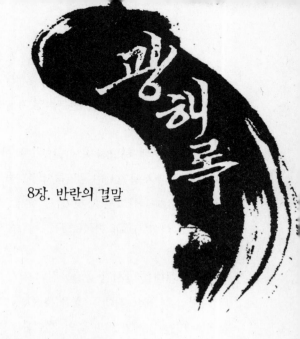

8장. 반란의 결말

조용히 귀를 기울이던 무록대사가 고개를 끄덕이며 일어섰다.

"시작했군."

무록대사의 말 대로였다.

북문에서 총성이 연달아 들려오기 시작했다.

무록대사는 들려오는 총성의 대부분이 용아라는 사실을 쉽게 알아냈다. 그리고 박대행수가 지휘하는 반란군이 가진 용아가 30정을 넘지 않는다는 사실 역시 파악한지 오래였다.

반란군에 대한 모든 정보를 국정원에 넘긴 사람이 바로 무록대사 자신이었던 것이다. 무록대사의 원래 이름은 허균(許筠)이었다. 허균은 5살에 학문을 익히기 시작해 9살에 처음 시를 지었을 만큼, 천부적인 재능을 타고난 사람이었다.

북인의 시조에 해당하는 화담(花潭) 서경덕(徐敬德)의 문인으로 중추부동지사(中樞府同知事) 등의 고위직을 역임한 허엽(許曄)이 그의 부친이며, 형제로는 문장으로 이름을 떨친 허성(許筬), 허봉(許篈), 허난설헌(許蘭雪軒) 등이 있었다.

후대엔 시대를 앞서간 홍길동전의 저자, 혹은 누명을 쓴 채 거열형을 당한 시대의 효웅(梟雄) 등으로 평가받지만 일세를 이끌 경세가(經世家)의 재질은 이때 이미 충분히 있었다.

정시에 급제한 허균을 바로 알아본 이혼은 그를 국정원에 보내 정보다루는 일을 맡도록 하였다. 얼마 후, 이몽학에게 의심스러운 점을 발견한 허균은 자기 손으로 머리를 밀어버린 다음, 무록이라는 법명을 앞세워 이몽학에게 접근했다.

무록대사, 아니 허균은 이몽학이 그에게 내어준 부하들에게 남문을 공격하게 하였다. 이몽학이 내어준 부하들 중에는 임진, 정유년의 전란을 경험한 전직 군인들이 적지 않아 만만치 않은 전력이었으나 1연대와 금군의 실력을 믿었다.

"공격하라!"

명을 내린 허균은 보는 눈이 있어 칼을 휘두르며 먼저 돌격했다. 그런 허균의 뒤를 반란군 7백여 명이 앞 다퉈 쫓으니 행궁의 허술한 담장은 허물어질 거처럼 위태로워 보였다.

허균은 고개를 돌려 좌우를 살피다가 행궁 벽에 드리워진 그림자 속에 용아의 총구가 숨어있는 모습을 보곤 몸을 피했다.

그 사실을 알 리 없는 반란군은 총을 쏘며 남문으로 돌격했다.

탕탕탕!

용아와 조총이 뒤섞인 총성이 남문 일대를 갈랐다.

성미가 급한 이들은 행궁의 담을 넘어 범궐(犯闕)하려 하였다.

그때였다.

벽의 그림자 속에 숨어있던 용아 수백 정이 동시에 불을 뿜었다. 그리고 남문 뒤를 지키던 금군 역시 담장의 기와 위에 용아를 거치해놓은 다음, 몰려오는 반란군을 조준했다.

"으악!"

"금, 금군이다!"

예상보다 훨씬 강한 반격에 잠시 주춤한 반란군은 물러

섰다가 다시 남문으로 몰려갔다. 이 정도 반격은 이미 예상한 후였다. 그들이 예상한 금군 수는 3백 명이었다. 원래 금군은 천 명에 달했으나 돌아가며 번을 서니 많아봐야 3백이 한계였다. 거기다 북문에 양동공격을 가해 그 중 많은 숫자가 북문으로 몰려갔을 테니 남문에 있는 금군의 수는 몇 명이 넘지 않을 거라는 게 반란군이 세운 계획의 골자였다.

그러나 그들은 무록대사로 위장한 허균과 국정원에 포섭당한 박대행수에 의해 계획이 들통 났다는 사실을 전혀 몰랐다. 그러므로 그들이 상대해야할 숫자가 3백이 아니라, 1연대와 금군을 모두 합쳐 3천에 달한다는 사실을 알지 못했다.

남문으로 다시 몰려간 반란군을 기다리는 것은 중과부적으로 물러서는 금군이 아니라, 오히려 반격해오는 적이었다.

더구나 남쪽에 있는 방어군은 1연대장 황진과 금군대장 기영도 두 사람이 지휘하는 중이었다. 황진이야 두 말할 필요 없는 조선 최고의 명장이었다. 오히려 상관인 사단장들보다 연대장에 불과한 그의 이름이 가장 유명할 지경이었다.

금군대장 기영도는 가히 조선 최고의 무인이라 할만 했다. 실력이 좋지 않았으면 전투가 벌어질 때마다 병사들과 함께 전선으로 향하는 이혼의 호위를 담당하지 못했을 것이다. 그런 기영도가 지휘하는 금군의 실력은 조선군 최강이라는 별군보다 나으면 나았지 절대 떨어지지 않는 것이었다.

허균이 사라지며 지휘에 공백이 생긴 반란군은 마치 불을 보고 뛰어드는 불나방처럼 남문을 향해 몇 차례 돌격하다가 지리멸렬하기 시작했다. 황진은 임진왜란과 정유재란을 겪으며 그 위력을 확인한 교차사격으로 반란군 가운데 갈랐다.

정면을 향해 사격하면 탄환은 당연히 곧장 정면으로 날아간다. 그러나 그렇게 하면 사수 간의 간격을 아무리 줄이더라도 탄환으로 만든 화망에 빈틈이 생길 수밖에 없었다. 하지만 양쪽에서 45도 안쪽을 보며 교차사격을 가할 경우, 탄환이 서로 교차하며 지나가기 때문에 빈틈이 줄어들었다.

빠져나갈 공간 자체를 없애는 것이다.

운 좋게 화망을 벗어난 반란군이 행궁의 담을 넘을라치면 행궁 안에서 대기하던 금군이 튀어나와 총을 쏘거나, 장창으로 찔렀다. 7백 명의 목숨이 사라지는데 필요한 시간은 30분이 필요하지 않았다. 그야말로 압도적인 전력 차인지라, 방어하는 쪽의 피해는 경상 몇 명에 그칠 지경이었다.

1연대장 황진은 살아남은 자들을 포박해 형조로 압송하는 한편, 이 사실을 사단본부에 있는 사단장 권응수에게 알렸다.

권응수는 당연히 이 사실을 도원수부에 전달했으며 도원수 권율은 소식을 듣는 즉시, 정탁과 이혼의 처소를 방문했다.

병조판서 정탁과 도원수 권율은 이혼의 처소 부근에 임시 지휘소 비슷한 것을 차려놓은 채 철야근무를 하는 중이었다.

그러니 당연히 두 사람 역시 북문과 남문에서 연달아 들려온 총성과 고함소리, 비명 등을 똑똑히 들었다. 사람이 죽을 때 지르는 그 날카로운 비명소리는 한 번 들으면 잊지 못했다. 더욱이 두 사람은 누구보다 많은 전장을 거쳐 왔기에 비명소리가 들리는 순간, 등이 식은땀으로 축축이 젖었다.

총성이 울릴 때마다 몸을 사시나무처럼 떠는 내관과 궁녀보다는 덜하지만 그들 역시 그런 소리들을 들으며 긴장을 감추지 못했다. 1연대와 금군이 질 거란 생각은 하지 않았다.

그러나 세상에 절대라는 말만큼 허무한 단어가 없다는 사실을 누구보다 잘 아는지라, 사실 걱정이 이만저만 아니었다.

다행히 전투는 예상한 대로 흘러가 방어군의 압승으로 끝났다. 행궁을 공격해왔던 반란군 천여 명 중 4백 여 명이 즉사했으며 3백 명은 중상을 입어 열흘을 넘기기 어려웠다. 또, 2백여 명은 생포했으며 1백여 명은 먼저 항복해왔다.

이혼은 조내관이 따라주는 차를 마시며 전투가 끝나길 기다렸다. 이혼의 집무실 옆에 있는 침소에는 지금 대비와 미향, 그리고 어린 윤이 제조상궁 등과 같이 피난을 와있었다.

반란군이 행궁으로 온다는 소식에 처음에는 당황하거나, 놀라는 모습을 보였던 대비와 미향은 점차 안정을 찾아갔다. 가장 위험한 사람이라 할 수 있는 이혼이 저처럼 침착한 얼굴로 조내관이 따라주는 차를 마시며 앉아있는 모습을 보니 이번 반란을 쉽게 제압할 거라는 믿음이 절로 생겼다.

오히려 나이가 가장 어린 윤은 태평한 모습이었다.

요즘 말을 한창 배우는 중이었는지 쉴 새 없이 들려오는 총성을 듣더니 그에게 불꽃놀이를 하는 중이냐고 물어보았다.

걱정할 거 같아 그런 거 같다고 했더니 직접 보겠다며 제조상궁에게 떼를 쓰는 바람에 달래느라 미향이 애를 써야했다.

떼가 묻지 않은 윤의 모습을 보며 이혼은 반성과 자책을 같이 했다. 그 역시 총성을 똑똑히 들었지만 사실 그는 다른 생각을 하는 중이었다. 이 반란을 진압한 후에 이어질 계획들을 생각하느라, 문 밖의 총성에 관심을 두지 않았다.

그러나 윤의 모습을 보니 그가 있는 곳과 얼마 떨어지지 않은 곳에서 사람들이 죽어가는 중이란 사실이 새삼 떠올랐다.

'너무 많은 죽음을 보았기에 무감각해진 것인가?'

이혼은 고개를 저었다.

그는 현대에 있을 때 죽음을 경험해본 적이 없었다.

장례식에 간 경험은 많지만 누군가의 임종을 지켜본 적은 없었다. 그러나 이곳에서의 죽음은 마치 일상적인 일처럼 그를 따라다녔다. 수십 명, 수백 명, 심지어 수천, 수만 명의 목숨이 그의 손짓에 사라졌다가 다시 나타나길 반복했다.

'나는 인간인가? 아니면 군왕인가? 그것도 아니면 죽음의 사제인가? 얼마나 더 많은 생명을 없애야 나는 만족할 것인가?'

이혼이 죽음이 가지는 중대한 의미에 대해 생각할 무렵.

정탁과 권율이 그를 급히 찾아왔다.

그를 괴롭히던 번민은 그 즉시 사라졌다.

지금은 현실이 그보다 훨씬 중요했다.

지금 그에게 번민 따위는 사치에 불과했다.

앞에 뭐가 있든, 그리고 후세가 인간 이혼을 어떻게 평하든 상관없었다. 1592년의 여름, 근위대대라는 이름으로 영변의 약산산성에서 봉기했을 때부터 이런 운명을 예감했었다.

'계속 가다보면 뭐가 나오겠지. 멈추기에는 이미 늦었으니까.'

이혼은 고개를 들었다.

흔들리던 눈동자는 어느새 초점이 제대로 잡혀있었다.

"아군의 피해는?"

"경상 몇이 다이옵니다."

정탁의 대답에 이혼은 만족한 미소를 지었다.

"얼마나 잡았소?"

"3백여 명 가량이옵니다."

"형조판서에게 그들을 문초해 배후를 밝히라 하시오."

정탁이 목소리를 낮춰 물었다.

"배후는 이미 아시지 않사옵니까?"

"우리가 아는 게 중요한 게 아니라, 세상이 아는 게 중요하오."

정탁 역시 그리 어두운 사람은 아닌지라 바로 이해했다.

"알겠사옵니다."

"홍천도 빨리 진압하라고 하시오. 끌면 부화뇌동한 자들이 생길 수 있으니 이런 일은 애초에 뿌리를 뽑아버려야 하오."

"여부가 있겠사옵니까."

정탁과 권율은 처소를 나와 병조로 급히 돌아갔다.

돌아가던 중 권율이 물었다.

"방금 전에 세상이 알아야한다는 게 무슨 뜻입니까?"

"명분이네. 명분을 얻으시려는 게야."

정탁은 불이 환한 이혼의 처소를 보다가 고개를 앞으로 돌렸다.

이혼에게 미숙하던 모습은 이제 찾아보기 어려웠다.

이혼은 어느새 노회한 정치가처럼 변해 있었다.

한편, 다음 날 일찍, 홍천으로 직접 내려간 권율은 영규가 지휘하는 충청사단을 앞세워 이몽학의 반란군을 압박했다. 그리고 전라도나, 경기도로 탈출할 것에 대비해 경기사단장 조경과 전라사단장 김시민에게 도의 경계를 강화하라 일렀다.

이몽학의 반란군을 해안가로 몰아붙인 권율은 통제사 이순신에게 부탁해 충청수사 권준을 잠시 육군 휘하에 두었다.

그리곤 육지와 바다 양쪽에서 맹렬한 압박을 가했다.

이몽학은 서해상에 있는 섬으로 도망치려했으나 수군에 의해 발목이 잡히며 오도 가도 못하는 신세로 전락하고 말았다.

며칠 후, 비루한 모습으로 쫓기던 이몽학은 결국 참다못한 부하들에게 살해당해 머리와 몸통이 따로 권율 앞에 도착했다.

이몽학의 죽음을 시작으로 역모의 주역들이 속속 잡혀왔다.

이몽학과 내통한 한현은 잡히기 전에 가족과 자결했다. 또, 반란군을 문초해 알아낸 또 다른 배후 조석구는 반란이 실패했다는 소식을 듣기 무섭게 북쪽으로 도망쳤지만 도중에 최담령이 지휘하는 별군에게 잡혀 도성으로 압송당했다.

이몽학의 난을 진압한 권율은 바로 이 소식을 정탁에게 전했다.

정탁은 다시 이혼을 찾아와 난을 진압했다는 보고를 하였다.

정탁을 돌려보낸 이혼은 조내관을 불렀다.

"이산해대감을 은밀히 만나야겠소."

"이 시각에 말이옵니까?"

"그렇소."

지시를 받은 조내관은 시키는 대로 이산해를 몰래 찾아

갔다. 그리곤 이혼이 부른다는 사실과 은밀히 만나야한다는 사실을 전했다. 이산해는 그 명대로 시종 없이 홀로 집을 나와서는 살짝 열어둔 행궁 뒷문으로 들어와 이혼을 찾았다.

절을 올린 이산해가 관복을 펼치며 앉았다.

"강녕하신 모습을 보니 신은 걱정을 덜었사옵니다."

이혼은 인사 대신, 용무부터 꺼냈다.

"과인이 좌상을 오밤중에 부른 이유가 무엇이라 생각하시오?"

"긴히 하명하실 일이 있으신 게 아니겠사옵니까?"

이혼은 그를 힐끔 보다가 고개를 끄덕였다.

"내일 조회를 열 것이오. 그리고 시전을 해체할 생각이오. 조석구를 엮으면 어렵지 않게 명분을 얻을 수 있을 것이오."

잠시 움찔한 이산해가 바닥을 보던 고개를 들었다.

"시전을 없애면 그 동안 거두어들이던 막대한 세금이 사라질뿐더러, 왕실과 조정에 필요한 물건을 납품해줄 새 상인을 찾아야하옵니다. 시전을 없애는 것은 빈대를 없애겠다고 초가삼간을 다 태우는 것과 다르지 않은 일일 것이옵니다."

이혼은 손을 저으며 반박했다.

"세금은 이미 충분히 거두어들이는 중이오. 과인이 호

조에 물어보았더니 시전을 없애도 세수에는 큰 문제가 없다하더이다. 또, 왕실과 조정에 납품해줄 상인은 말 그대로 찾으면 그 뿐이오. 아니면 직접 조달할 방법을 찾던지 하면 그리 어려울 게 없을 것이오. 과인이 좌상을 부른 이유는 경이 내일 조회를 열 때 지금처럼 반대해 달라 부른 것이오."

이산해의 희끗한 수염이 한차례 꿈틀거렸다.

"신은 우둔하여 무슨 뜻인지 모르겠나이다."

"말 그대로요. 지금 한 거처럼 내일도 반대해 주시오. 그러면 과인이 지금처럼 반박할 것이오. 그리고 그때 그대는 수긍해야할 것이오. 그러면 역모가 다른 곳으로 번지는 일 없이 잠잠해질 거라 생각하오. 과인이 무슨 말을 하는지 알겠소?"

이산해는 건저의사건으로 정철을 낙마시켰을 만큼 노회한 사람이었다. 그런 사람에게 이 정도 수는 아무것도 아니었다.

"신을 협박하시는 것이옵니까?"

"협박이 아니오. 과인이 한 번 눈감아준 것이오."

이혼은 책상 서랍을 열어 그 안에 든 책을 꺼내 던져주었다.

"읽어보시오."

이산해는 책장에 눈길을 힐끔 주더니 고개를 들었다.

"무엇이옵니까?"

"조석구 등 이번에 잡아온 시전 상인들이 자백한 내용을 적은 책이오. 경을 포함하여 북인 여럿의 이름이 오르내리더군."

이산해가 미간을 찌푸렸다.

"고신(拷訊)을 받아 자백한 죄인의 상상일 뿐이옵니다."

"그 상상만으로 과인은 북인을 쓸어버릴 수 있소. 아예 자근자근 밟아 풀 한 포기 자라지 못하게 할 수 있단 말이오. 그러나 과인은 그러지 않을 것이오. 과인은 조정이 남인이나, 북인, 아니면 서인에게 쏠리는 것을 싫어하오. 과인이 솔직히 털어놓았으니 경도 그렇게 해줄 거라 믿어 보겠소."

이혼은 조내관을 불러 이산해를 내보냈다.

다음 날, 이산해에게 공표한 대로 이혼은 바로 조회를 열었다.

"며칠 전에 무슨 일이 있었는지 모두 알거라 생각하오."

이혼의 말에 대신들은 말없이 고개를 숙이는 것으로 대답했다.

도성이 발칵 뒤집힌 반란군의 행궁 공격을 누가 모르겠는가.

행궁 근처서 들려오는 총소리에 놀란 백성들은 왜란이 다시 터진 것으로 착각해 한밤중에 사대문으로 달려갔으며 관원들은 관청에 복귀해야하는지, 아니면 도망을 쳐야 하는지 몰라 우왕좌왕하다가 밤을 꼬박 새웠으니 모를 리가 없었다.

며칠이 더 지난 후에야 이몽학과 조석구 등이 반란을 모의했다가 실패했다는 소식을 듣고는 얼마나 놀랐는지 모른다.

그러나 더 놀랄 일이 그들을 기다리고 있었다.

이혼은 조회를 열어 폭탄선언을 하였다.

"역모 주모자인 조석구를 문초한 결과, 시전 상인 대부분이 연관 있는 것으로 나타났소. 일전에 금강송 일로 처분 받은 것에 앙심을 품었는지 음으로, 양으로 조석구를 도와주었다는 게 밝혀졌소. 이들은 과인이 그 동안의 공을 생각해 가벼운 처분을 내렸음에도 은혜를 원수로 갚는 선택을 한 것이오. 이들의 행동은 과인을 능욕한 것과 다름 없소."

능욕이니, 은혜를 원수로 갚느니 하는 과격한 말들이 나오는 순간, 아무도 입을 열지 않았다. 이는 역모였다. 괜히 두둔했다간 그야말로 기둥뿌리 채 잘려나갈 위험이 있는 것이다.

이혼은 손을 들어 중인의 시선을 자신에게 집중시켰다.

"그리하여 과인은 시전을 없애버리기로 하였소. 시전은 복마전이오. 처음엔 좋은 의도로 일부 상인에게 특권을 주었지만 나중에는 변질을 거듭해 물가를 인위적으로 조절해 막대한 부를 챙겼소. 이는 나라와 백성의 삶에 지대한 영향을 끼쳤는데 좋은 영향이 아니라, 악영향이었소. 또, 그들을 단속할 의무가 있는 관원에게 생일이나, 진급, 아니면 자식의 혼례를 빙자하여 뇌물을 건네었는데 이는 결국 관과 상인이 결탁하는 정경유착의 고리를 형성하였소. 또, 배고픈 서민들이 먹고 살기 위해 펼친 난전(亂廛)을 때려 부수는 등, 그 패악이 하늘에 닿아 있소. 경들은 과인의 이러한 뜻을 생각해 시전을 대체할 상업수단을 속히 찾도록 하시오."

이혼의 뜻이 워낙 강경해 모두 입을 다물고 있을 무렵.

천장을 보던 이산해는 고개를 내려 앞에 있는 유성룡과 정철의 얼굴을 번갈아보았다. 유성룡은 남인, 정철은 서인의 영수였다. 조정을 구성하는 세 개의 당파, 즉 남인, 서인, 북인의 영수 세 명이 삼정승 자리를 모두 차지한 셈이었다.

그리고 순서 역시 중요한 의미가 있었다.

유성룡이 영의정의 맡았다는 말은 남인이 임금의 총애를 가장 많이 받는다는 증거였다. 그건 그럴 수밖에 없는 것이 남인은 처음부터 이혼과 함께 보조를 맞추어 활약해왔다. 팔이 안으로 굽는다는 말처럼 이혼에게 남인은 공신이었다.

그리고 그 다음이 북인인 좌의정 이산해였으며 마지막은 서인인 우의정 정철이었다. 속한 숫자야 분당하지 않은 서인이 가장 많았으나 서인은 윤두수형제처럼 이혼의 즉위를 반대한 자들이 많아 수가 적은 북인에게 밀리는 실정이었다.

서인은 북인의 자리를 노리기 위해 물밑작업에 한창이었다. 만약, 이 일로 북인이 몰락한다면 서인이 북인의 자리를 차지할 게 분명했다. 그리고 조정은 예전처럼 서인과 남인 두 개의 당파가 주도하는 형태로 변할 것이 틀림없어 보였다.

현재 이산해에겐 다른 선택지가 없었다.

끙 하는 신음소리를 낸 이산해가 앞으로 나왔다.

"주상전하의 말씀에는 어폐가 있사옵니다."

이산해의 용감한 말에 모두 화들짝 놀라 그를 보았다.

이혼은 담담한 얼굴로 손을 들었다.

"과인의 말에 어떤 어폐가 있는지 말해보시오."

"우선 세금에 문제가 생길 것이옵니다. 조정과 왕실 두 곳 모두 시전이 내는 세금에 의존하는 바가 큰데 갑자기 시전을 없애버린다면 조정과 왕실을 어떻게 유지할 수 있겠사옵니까? 또, 시전은 관만 상대하는 게 아니옵니다. 도성에 사는 백성들 역시 시전을 통해 식료를 구입하는데 시전을 막아버린다면 혼란이 일어날 것이옵니다. 이를 염려하지 않으신다면 이는 훌륭한 군왕의 모습이 아닐 것이옵니다."

이혼은 호조판서 이항복을 불렀다.

"시전의 세금을 받지 않으면 문제가 생기오?"

호명 받은 이항복이 앞으로 나와 고개를 숙였다.

"실무진으로부터 당분간 세금이 조금 줄어들기는 하겠지만 장기적으로 보면 오히려 이득이라는 보고를 막 받았사옵니다."

"어떻게 하여 그런 결과가 나오는 것이오?"

"시전을 철폐해 백성 누구나 장사를 할 수 있게 하면 그들이 내는 세금이 시전이 내는 세금보다 훨씬 많을 것이옵니다."

이산해를 곁눈질로 힐끔 본 이혼은 다시 이항복에게 물었다.

"시전을 철폐하면 도성에 거주하는 백성들이 잠시 동안 생필품을 구하기 어려워질 텐데 이 일은 어떻게 처리할 생각이오?"

이항복 역시 이혼에게 언질을 받은지라, 지체 없이 대답했다.

"관아가 시전의 상품을 거두어들여 백성에게 파는 방법

을 사용할 것이옵니다. 그러면 혼란은 일어나지 않을 것이옵니다."

고개를 돌린 이혼은 이산해에게 물었다.

"궁금한 것이 모두 풀렸소?"

이산해는 그게 신호임을 직감했다.

그 즉시, 바닥에 엎드려 고개를 끄덕였다.

"이미 계획이 있으신 것을 모르고 신이 헛소릴 지껄였사옵니다."

"아니오. 좌상은 할 일을 하였소. 과인은 대신들의 의견을 듣는 것을 좋아하오. 독단을 내려버릇하면 그게 누구든 외골수적으로 변하기 마련이오. 그러나 대신들의 의견을 청취하여 함께 상의한다면 보다 안전한 길을 택할 수 있을 것이오."

이산해는 속으로 개똥같은 소리라 생각했지만 속을 드러내진 않았다. 이혼이 독자적으로 결정해버린 것을 모두 다 아는데 대신의 의견을 청취했다니 열불이 1천장은 치솟았다.

조회를 마치기 직전, 이혼은 좌의정 이산해에게 명했다.

"좌의정이 호조와 상의해 이 일을 추진해보시오. 과인이 각별히 관심이 두고 진행하는 사안이니 좌상 같은 노련한 분이 필요하오. 거절하지 않을 거라 생각하고 조회를 마치겠소."

이산해는 편전을 나가는 이혼을 보며 멍한 모습이었다.

순식간에 당해버린 것이다.

이산해는 곤혹스러운 표정을 지었다.

이산해가 만약 일을 제대로 처리하지 않을 경우, 그와 시전이 내통한 것으로 여겨 이혼의 눈 밖에 날 위험이 있었다. 그렇다고 일을 제대로 처리하자니 그 동안 가까이 지낸 시전의 상인들과 불구대천의 원수로 변할 가능성이 높았다.

그러나 이번 역시 외통수였다.

그에게 다른 길은 없었다.

여기서 사직해버리면 그는 물론이거니와 북인 역시 끝이었다. 그렇다고 일을 대충해버리자니 이혼의 감시가 두려웠다.

그렇다면 남은 방법은 하나였다.

어금니를 부득 갈은 이산해는 호조에 명해 시전을 폐쇄하라 명했다. 그리고 시전이 가진 상품은 관아 창고에 옮겨 백성들에게 판매했다. 시전 상인 대부분이 조석구의 일로 형옥에 들어가 있던 탓에, 저항다운 저항조차 해보지 못했다.

이혼은 이어 호조의 명의로 시전을 폐한다는 방을 내걸었다. 그리고 그와 동시에 조선의 백성은 누구나 물건을 사고팔 수 있는 권리가 있음을 알려주었다. 그 문구 중에 중요한 것은 팔 수 있는 권리였다. 사는 것이야 돈만 있으면 누구든 살 수 있으나 팔 수 있는 권리는 돈이랑 관계가 없었다. 나라가 허락해준 사람만이 팔 수 있는 권리가 있었다.

지금까진 시전 상인 등 나라가 인정한 상인만이 그 권리를 가졌는데 지금부턴 백성 모두에게 권리가 있다는 말이었다.

눈치 빠른 백성들은 시전이 있던 자리에 들어가 장사를 시작했다. 시전 상인만 사라졌을 뿐이지, 공급자와 운송업자는 그대로 있었기에 시전 상인의 자리를 백성들이 채워나갔다.

이는 이혼이 세운 두 번째 계획의 초석과 같은 일이었다. 이혼의 두 번째 계획은 상업의 발전과 경제의 성장이었다.

이혼은 처음부터 조선이 후기로 갈수록 가난해진 이유가 폐쇄적인 경제정책에 있다는 생각을 하였다. 조선을 세운 사람들은 그들의 기득권을 유지하기 위해 백성이 농업에 종사하길 원했다. 그들의 기득권은 사람이 살아가는데 있어 가장 중요한 양식의 생산, 즉 농업에서 나오는데 백성이 농업 대신, 상업, 공업 등으로 빠져나가면 그들이 소유한 농지를 경작해줄 사람이 없어지는 결과를 불러오는 것이다.

그들은 중앙과 지방할 거 없이 백성을 농업에 붙잡아두기 위해 농자천하지대본이니 뭐니 하며 백성에게 농업을 강요했다. 그리고 상업이나, 공업 등은 천시하는 풍조를 만들었다.

물론, 농업기반의 사회가 나쁜 것은 아니었다. 그러나 오로지 농업에만 기반을 둔 산업은 문제가 발생할 여지가 있었다.

이혼은 농업에 집중되어있는 산업구조를 빨리 바꾸지 않으면 조선은 갈수록 상태가 나빠져 결국 서양 열강과 근처에 있는 강대국의 영향을 벗어나지 못한다는 생각이 들었다.

그렇다면 농업에 기반을 둔 경제를 어떻게 상업이나, 공업으로 옮길 것인가? 지금이 고도로 발달한 사회였으면 그가 노벨경제학상을 수상한 학자라도 답을 내놓기 어려웠을 것이다.

일단, 고려해야할 변수가 너무 많은 것이다.

그러나 조선의 경제는 관이 주도하는 바람에 거의 백지와 같은 상태였다. 즉, 고려해야할 변수가 많지 않은 상태였다.

이혼이 배우길 상업 활동은 잉여상품이 많아야 성장이 쉬웠다.

잉여상품이란 생산자가 자급자족한 후에 남는 상품을

의미한다. 생산자는 남은 상품을 보통 가까이 있는 친지
나, 이웃에게 판매한다. 한데 그럼에도 남는다면 그 남은
상품을 어찌 처리할 것인가? 버린다는 것은 말이 안 되는
일이었다.

그렇다면 시장을 찾거나, 혹은 시장을 만들어 다른 이에
게 팔아야할 것이다. 그리고 이게 바로 시장경제의 기본이
었다.

그러나 조선은 지금까지 잉여상품이 별로 없었다.

가족을 배불리 먹이는 일조차 벅찬 편이었으니 남은 상품
을 내다 판다는 것은 극히 일부 사람에게나 가능한 일이었다.

이런 상황이다 보니 경제성장이 더뎌 화폐는 여전히 삼
베나, 쌀처럼 현물화폐가 주를 이루었으며 방식 역시 서로
필요한 물건을 바꾸는 형태의 기초적인 상업 활동만이 존
재했다.

그러나 이혼이 비료공장을 건설해 질소비료를 무료로
배포하기 시작한 것을 기점으로 이앙법의 장려, 새 품종의
보급, 농사기술의 발전, 농기구의 개발 등이 복합적으로
이루어지며 잉여상품이 갑자기 폭발적으로 증가하기에 이
르렀다.

농부들 말로는 가히 천지개벽 수준이었다.

잉여상품이 넘치다보니 이를 소비해줄 시장이 필요했는데
현실적인 문제들로 인해 시장이 원활하게 돌아가질 않았다.

거기에는 화폐유통 실패, 관 주도의 폐쇄적인 상업 활동, 도로의 미비, 운송수단의 미비 등 여러 가지 문제가 있었는데 그 중 먼저 관 주도의 폐쇄적인 상업 활동이 종말을 고했다.

관 주도는 이어졌지만 폐쇄적인 형태가 개방적으로 변했다.

이혼은 호조에 지시를 내렸다.

"팔도에 있는 주요 도시에 시장을 만들도록 하시오. 그리고 백성들이 그곳에서 상업 활동을 하도록 권장하시오. 그렇다고 백성에게 아무 곳에서나 상업 활동을 벌일 수 있도록 허락해주면 오히려 문제가 발생할 여지가 있소. 또, 이는 세수와 연관이 있으니 관아는 허가증을 발급해주거나, 아니면 일정한 장소에서만 상업 활동을 하도록 계도해 나가시오."

"예, 전하."

호조판서 이항복은 물을 제대로 만난 사람처럼 조선의 체질 개선에 전력을 다했다. 물론, 다른 관원들 역시 마찬가지였다. 고인 물과 다름없던 조선에 새로운 활력이 생겨났다.

그렇다고 이혼만 이런 생각을 한 것은 아니었다. 여러 임금과 여러 명신들이 이런 생각을 했으나 그들에게는 반대파를 압도할 명분이나, 수단이 없었다. 그러나 이혼은 달랐다.

이혼은 민심과 병권 두 가지를 모두 가졌다.

그런 이혼에게 저항할 수 있는 세력은 없었다.

이혼은 빠른 시간 안에 개혁을 시도해나갔다.

그 와중에 생기는 혼란이나, 실수는 차차 수정할 계획이었다.

이혼이 다음으로 주목한 것은 화폐유통이었다.

화폐유통은 끊임없이 시도해왔던 일 중 하나였으나 경제 규모가 크지 않은데다 백성들의 적응실패로 실패를 거듭했다.

이혼은 호조에 화폐를 제작, 유통, 관리, 위폐의 감시 등을 맡을 사섬서(司贍署)를 설치해 화폐에 대한 연구를 시작했다.

사섬서는 원래 있던 기관이었다.

태종은 1401년에 고려가 유통하려다가 실패한 저화(楮貨), 즉 지폐를 다시 민간에 유통하기 위해 사섬서를 설치했다.

이혼은 이 사섬서를 본 따 저화제작에 들어갔다.

백성들이 보기에 저화는 돈이 아니라, 쓸모없는 종잇장에 불과했다. 가장 큰 난관은 백성들이 이 종잇장을 돈으로 인식하게 만드는 일이라 할 수 있었다. 저화보다는 오히려 구리로 만드는 동전이 훨씬 가능성이 높았지만 이혼은 고개를 저었다. 조선에서는 구리가 많이 나지 않아 동전을 보급하려면 왜국이나, 명나라에 돈을 주고 수입해야 했다.

이혼은 조선 최고의 화가와 세공 장인을 모두 불러 아주 정교한 저화를 제작했다. 방식은 의외로 간단했다. 조폐공사처럼 컴퓨터로 프린트하지는 못하지만 국새를 파듯 정교한 조각을 하여 저화의 기본에 해당하는 원판을 제작했다. 그리곤 그 조각한 원판으로 판화를 찍듯 찍어내는 것이다.

그렇게 하여 다섯 가지 저화를 완성했다.

쌀 10섬 값에 해당하는 1만원, 1섬 값에 해당하는 1천원, 쌀 한 말 값에 해당하는 100원, 쌀 한 되 값에 해당하는 10원, 그리고 가장 작은 단위인 1원 등, 다섯 가지 저화였다.

한데 막상 가격을 정하다보니 다른 문제가 발생했다.

조선은 계량단위가 지역마다 달랐다. 또, 돈의 값어치를 계산하는데 사용하는 십진법과 쌀을 계산하는 단위가 전혀 달랐다.

쌀 1섬을 말로 바꾸면 15말이었다.

한데 쌀 한 섬은 1000원이었다.

그리고 쌀 한 말은 100원이었다.

그래서 쌀 한 섬을 사는 데는 1000원이 들지만 그 쌀을 말로 구매하면 한 섬을 모으기 위해 1500원의 돈이 필요했다.

500원의 차이가 생기는 것이다.

이혼은 하는 수 없이 저화를 도입하기에 앞서 계량단위를 통일해야했다. 각계의 조언을 받아 길이, 부피, 면적 등 계량이 필요한 모든 단위들을 하나로 통합해 이를 반포하였다.

그리고 강도 높은 감시와 처벌을 통해 이를 빠른 속도로 받아들이게 만들었다. 미전(米廛)에서 이를 어길 경우, 엄중한 처벌을 내려 상인과 백성이 빨리 적응하도록 만들었다.

또, 중개업자에 해당하는 거간꾼은 물론이거니와 각 공방 등에 속한 장인에게 새로운 단위들을 빨리 익히도록 요구했다.

새로운 도량형을 보급한 다음에는 본격적으로 저화 보급에 들어갔다. 보급을 위한 방도는 사실 하나밖에 없었다. 백성들에게 강제로 쓰게 만드는 것이다. 그렇다고 무력을 사용할 수는 없는지라, 대신 세금을 무조건 저화로 내게 했다.

처음엔 종이돈에 적응하기가 쉽지 않아 고생을 많이 하던 백성들은 점차 저화를 돈으로 인식해 세금뿐만 아니라, 일상적인 상거래에서도 저화를 유용하게 쓰기 시작했다. 아직 시작에 불과하지만 어쨌든 길이 보이기 시작한 셈이었다.

이혼은 저화를 보급하며 사섬서에 부속기관을 하나 더 만들었다. 바로 위조지폐를 감시하는 기관이었다. 저화의 취약점은 역시 위조지폐에 있었다. 기술이 고도로 발달한 21세기에서조차 위조지폐는 피할 수 없는 숙명과 같은 일이었다.

그렇다면 16세기에서는 두 말할 나위가 없었다.

이혼은 위조지폐 감시를 강도 높게 실시해 이를 위반하는 사람이 있으면 신분이나, 지위고하에 상관없이 극형에 처했다.

화폐를 보급한 다음에는 원활한 물자수송을 위해 도로를 정비했으며 마차와 수레 등 운송수단 역시 만들어 보급했다.

경제의 기본은 수요와 공급이었다.

여기선 흔해 빠져 관심을 주는 사람이 없는 물건일지라도 다른 쪽에선 코빼기조차 구경하기 힘든 물건이 있기 마련이다.

그렇다면 당연히 흔해 빠진 물건을 다른 지역으로 옮겨다 팔면 돈을 벌수가 있었다. 이것이 바로 수요와 공급이었다.

이처럼 수요와 공급이 경제의 기본이었는데 조선은 도로사정의 미비, 운송수단의 미비 등으로 수요와 공급으로 묶인 권역이 아주 작았다. 그리고 이 권역이 작은 만큼 경제규모 역시 작을 수밖에 없었는데 이혼은 도로를 정비하거나, 아니면 운송수단을 늘려 이 권역을 크게 늘릴 계획이었다.

이혼은 공조에 명해 이 사업을 추진하게 하였다.

이혼이 갑자기 전란 후에 엄청난 사업들을 추진해나가자 재정의 압박보다는 오히려 인력이 부족해 어려움을 겪었다.

하루는 이조판서 이원익이 이혼을 급히 방문했다.

이조는 관원의 등용과 임명 등의 일을 하는 관청이었다.

즉, 현재 애로사항이 가장 많은 관청이 이조였다.

"관원이 턱없이 부족해 사업에 차질을 빚고 있사옵니다."

이혼은 이미 그럴 거라는 생각을 했는지라 별로 놀라지 않았다.

한정적인 인원으로 전보다 몇 배 많은 일을 하려면 당연히 부하가 쌓이기 마련이었다. 오히려 생각보다 오래 버텼다.

"흐음."

잠시 고민한 이혼은 이원익을 가까이 불렀다.

"이판이 나라를 위해 큰일을 하나 해줘야겠소."

"큰일이라 하심은?"

"부족한 관원을 채울 방법은 하나 밖에 없소."

잠시 생각하던 이원익이 물었다.

"내년에 있을 대과를 앞당기는 방법 말이옵니까?"

"아니오."

"그럼 별시를 치를 생각이시옵니까?"

"그것 역시 아니오."

이혼은 고개를 저으며 목소리를 더 낮췄다.

"대과를 앞당겨보았자 33명밖에 뽑지 못하는데 그 걸론 간에 기별조차 가지 않을 것이오. 이참에 벼슬길을 열어야 겠소."

긴장한 이원익은 잠시 숨을 멈췄다가 내뱉으며 물었다.

"하오시면?"

"중인에게 벼슬길을 완전히 열어줘야겠소."

이원익은 조금 놀랐는지 기울어져있던 자세를 고쳐 잡았다.

중인은 과거를 볼 수 있었다.

그러나 신분의 제약으로 인해 그 한계가 명확했다.

서얼금고(庶孽禁錮)인 것이다.

결국, 양반관료들의 뒤치다꺼리나 하며 세월을 보낼 수밖에 없는 게 중인출신 관료나, 중인출신 하급관료의 인생이었다.

한데 이혼이 단단히 잠긴 이 문을 부수려하는 것이다.

당연히 기존에 있던 관원들은 물론이거니와 과거시험을 준비하는 수많은 양반 자제에게 선전포고하는 상황과 다름없었다.

중인이 끼어들면 기존에 있던 관원들의 진급이나, 양반 자제들의 출사에 영향이 있을 수밖에 없었다. 또, 갖가지 방법으로 벼슬을 물려주며 마치 귀족처럼 유지해오던 그들의 기득권이 뿌리부터 흔들려버릴 가능성이 아주 높았던 것이다.

이원익은 고개를 저으며 쉽지 않다는 표정을 내보였다.

"반발이 크리라 생각하옵니다."

"그러나 반발을 이겨내지 않으면 조선은 여기가 한계일 것이오."

자신만만하게 대꾸하는 이혼을 보며 이원익은 급히 물었다.

"생각해둔 복안이 있으시옵니까?"

"대감이 죽어줘야겠소."

"신이 말이옵니까?"

"그렇소. 대감이 과인 대신 저들의 칼을 받아주시오."

이원익은 5척 단구였지만 가진 심장은 누구보다 컸다.

"조선의 발전에 이바지할 수 있다면 목숨이 아깝지 않사옵니다."

"대감은 그럴 거라 생각했소."

"기꺼운 마음으로 목숨을 바치겠사옵니다."

이원익이 대답하는 순간, 이혼은 그의 손을 굳게 잡았다.

9장. 충신의 목숨 값

光海錄

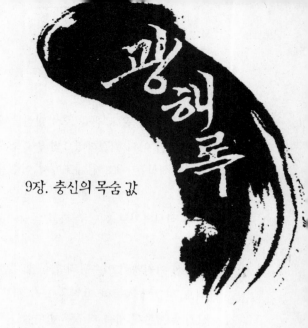

9장. 충신의 목숨 값

이혼은 조회를 열었다.

그리곤 바로 관원을 보충하는 문제에 대해 상의하기 시작했다.

"먼저 본격적인 회의에 앞서 이조판서의 보고를 듣도록 하겠소."

"예, 전하."

호명 받은 이원익은 앞으로 나와 안건에 대해 설명했다.

"현재 여러 관청이 자신들의 부족한 관원을 앞 다퉈 보내 달라 저희에게 청하는 중이지만 이조 역시 관원이 부족해 이조의 일마저 제대로 처리하지 못하는 중이옵니다. 이를 속히 해결하지 못하면 조정이 추진하는 여러 정책에 악

영향을 끼칠 위험이 있으니 빨리 해결책을 찾아야할 것이 옵니다."

잠자코 듣던 이혼은 고개를 돌려 대신들에게 물었다.

"경들은 이를 어찌 해결하였으면 좋겠소?"

과거를 시행하는 예조의 예조판서 이수광이 한걸음 나왔다.

"내년에 실시하기로 했던 대과를 앞당기는 게 어떻겠사 옵니까?"

이혼 대신 이원익이 이수광의 질문에 대답했다.

"대과로 선발이 가능한 인원은 고작 서른세 명 아니오? 지금 상황에 서른세 명을 더 충원한다한들 무슨 소용이 있 겠소."

이수광은 바로 받아쳤다.

"초시 합격자 250명을 전원 등용하는 방법 역시 있을 것이오."

조선의 문관 임용시험, 즉 문과는 초시(初試), 복시(覆 試), 전시(殿試) 3단계 시험으로 이루어지는데 일단 가장 먼저 보는 초시는 응시생 중 250명을 선발하는데 목적이 있었다.

그리고 그 250명은 다시 복시를 통해 33명으로 추려졌 다. 복시에 합격했으면 일단 벼슬길에 오른 셈이었다. 마 지막 전시는 33명의 순위를 정하는 시험으로 당연히 성적

이 더 좋을수록 정상으로 가는 엘리트코스를 밟을 자격이
주어졌다.

예조판서 이수광은 초시에 합격한 응시생 250명을 등
용하는 방안에 대해 얘기했다. 물론, 다시 시험을 치러
250명의 순위를 나눠야하겠지만 어쨌든 수는 7배 가까이
늘어났다.

이원익의 목소리가 거칠어졌다.

"예판은 실정을 제대로 모르는 것 같소! 지금 필요한 인
원은 고작 몇 백이 아니오! 중앙과 지방 할 거 없이 수천
명의 인재가 필요한 상황이란 말이오! 아니, 인재로 한정
할 필요도 없소. 글을 읽을 줄 알거나, 셈을 제대로 할 줄
아는 사람이라면 관복을 입혀 내보내야할 만큼 심각한 상
황이오!"

편전에 모인 사람들은 이원익의 과격한 행동에 다소 놀
란 듯했다. 이원익을 잘 안다 생각한 유성룡, 정탁 등은 더
놀랐다.

이원익의 소속은 남인에 가깝지만 그는 동인, 서인 모두
에게 고루 존경을 받을 만큼 매사가 아주 정확한 사람이었
다. 당파적이지 않은데다 자애로운 그의 성격을 사람들이
알기 때문이었다. 한데 오늘 이원익은 고삐가 풀린 황소
같았다.

가만히 듣던 우의정 정철이 물었다.

"그 많은 사람들을 대체 어서 얻는단 말이오? 글을 읽을 줄 아는 유생이라면 나이에 상관없이 전부 등용하자는 얘기요?"

기회였다.

그가 듣고 싶어 하던 질문을 마침 정철이 해주었다.

지금이 아니면 그의 의견을 표출할 기회를 찾기가 어려웠다.

이 대답으로 그의 목숨이 위태로워질 수 있었지만 상관없었다.

이원익은 옥좌에 앉아 흥미로운 눈으로 지금 상황을 지켜보는 이혼을 곁눈질로 힐끔 본 연후에 심호흡을 크게 하였다.

"유생 중에는 관직에 뜻이 없는 사람들 역시 적지 않습니다. 그리고 팔도의 유생 전부를 불러와도 지금의 수요를 채우긴 어렵습니다. 지금은 조금 더 개혁적인 생각이 필요합니다."

정철은 삿대질만하지 않았을 뿐이지, 크게 화를 내며 물었다.

"그래서 그게 무엇이냔 말이오?"

낮술을 했는지 불콰한 정철의 얼굴을 보던 이원익이 대답했다.

"이참에 중인에게 관직진출의 기회를 줘야합니다."

그 소리가 끝나기 무섭게 편전은 시장바닥으로 변해버렸다.

가장 먼저 정철이 고함을 질렀다.

"이판은 그게 무슨 말인지 아시는 거요? 중인을 등용하자는 것은 조선이 지금까지 지켜왔던 적서차별을 없애자는 말과 다름없소. 이판은 지금 조선의 국법을 무시하려는 것이오?"

정철 말대로 중인 중에는 서얼이 많아 중인을 등용하자는 것은 지금껏 유지해온 적서차별을 없애자는 말과 같은 것이다.

이원익은 지지 않고 항변했다.

"이젠 세상이 바뀌었습니다. 온고지신(溫故知新)이 필요한 때임을 어찌 모르십니까? 그 옛것에 잡혀 있다가 왜국에 당한 것을 벌써 잊으신 겁니까? 대감이야 피해를 입은 게 전혀 없지만 전란으로 수만 명의 백성이 목숨을 잃었습니다. 그리고 수십만 명의 백성이 재산에 피해를 입었습니다. 정녕 옛것에 집착하다가 같은 실수를 반복하시려는 겁니까?"

이번에는 공조판서 김우옹이 물었다.

"중인을 등용해 인륜을 어지럽히는 것이 어찌 온고지신이란 말이오? 대체 그렇게 하여 얻는 이득이 무엇이란 말이오?"

이원익의 단단한 몸이 옆으로 휙 돌아갔다.

"우리가 왜 왜놈들에게 당했는지 아직도 모른단 말이오? 정쟁을 일삼다가 방비가 허술해져 당한 게 아니면 대게 뭐란 말이오? 그렇다면 다시 당하지 않기 위해 소모적인 정쟁을 줄일 수 있는 방법을 찾는 게 그 해결책이 아니겠소? 내 생각엔 그 당시 동인이니, 서인이니 하며 싸웠던 것은 모두 그 나물에 그 밥이었기 때문이오. 고인 물이 먼저 썩는 법이니 관가에 새로운 물을 끌어들일 필요가 있다는 말이오."

논쟁은 점점 심해졌다.

욕만 안 하고 멱살만 안 잡았을 뿐이지 싸움과 다름없었다.

말리려다가 실패한 영의정 유성룡은 이혼 쪽으로 몸을 돌렸다.

"전하께서는 어찌 생각하시옵니까?"

이혼은 시치미를 떼며 물었다.

"무엇을 말이오?"

"이판의 제안에 대해 어찌 생각하시옵니까?"

유성룡의 질문이 끝나는 순간, 편전은 쥐 죽은 듯 조용해졌다.

유성룡의 목소리가 커서가 아니라, 질문의 내용이 그들을 조용하게 만들었다. 여기서 이혼이 어찌 대답하느냐에 따라 논쟁의 향방이 생각보다 빠른 속도로 갈려버릴 수 있었다.

짧게 다듬은 수염을 쓰다듬은 이혼은 이원익을 먼저 가리켰다.

"과인은 이판의 생각이 옳은 것 같소."

그 말에 편전 안이 다시 웅성거리기 시작했다.

이원익의 의견에 반대하던 대신들은 대놓고 불평을 토로했다.

이혼은 바로 말을 이어갔다.

"그렇다고 과인이 그 의견에 전적으로 동의한다는 것은 아니오."

그 말에 이번에는 이원익이 앞으로 나와 엎드렸다.

"전하, 부디 통촉하여주시옵소서! 조선이 임진년과 같은 치욕을 되풀이하지 않기 위해선 신이 말한 방법 밖에 없사옵니다!"

잠시 고민하는 표정을 짓던 이혼은 고개를 끄덕였다.

"그럼 이렇게 하는 게 어떻소? 우선 필요한 관원이 많다하니 출사를 원하는 유생을 먼저 선발해 부족한 곳을 채우도록 하시오. 그래도 모자란 곳이 있으면 중인을 선발해 다시 채우도록 하시오. 물론, 중인에게 대과를 볼 수 있는 자격을 주자는 말이 아니오. 우선 상황이 급하니 미봉책이라도 써보자는 것이오. 경들은 과인의 제안을 어찌 생각하시오?"

대신들은 내켜하지 않는 기색이었지만 어쨌든 대답은 하였다.

"성은이 망극하옵니다."

"그럼 이만 조회를 파하겠소."

먼저 자리를 뜬 이혼은 그 날 밤 이원익을 몰래 불렀다.

"내일부터 이조는 팔도에 방을 걸어 출사를 원하는 중인들을 모으도록 하시오. 그리고 그 후에는 시험을 치르도록 하시오."

이원익이 놀라 물었다.

"과거는 예조의 업무가 아니옵니까?"

이혼은 고개를 저었다.

"예조에게 맡겨두면 유교경전에 관한 문제나 낼 게 분명하오. 과인이 관원들에게 원하는 것은 성현들의 말씀을 얼마나 이해하는지의 여부가 아니오. 과인은 전문성을 원하는 것이오. 특히, 산학(算學)을 잘 하는 이들을 많이 뽑을 것이오."

"알겠사옵니다."

이미 나라를 위해 목숨을 바치기로 한 이원익은 이혼의 지시를 충실히 이행했다. 이조 독자적으로 팔도에 방을 내걸어 중인을 모집했다. 모집에는 적서차별로 벼슬길이 막힌 서얼부터 낙향한 서리(書吏), 지방의 향리(鄕吏), 군을 나온 후 일자리를 찾던 군교(軍校)까지 다양한 사람이 응

모했다.

얼마 후, 이들을 모아 시험을 치른 이조는 서얼 중에 학문이 뛰어난 자는 중앙으로, 서리나, 향리 중에 실력이 좋은 자들은 인력이 많이 부족한 호조와 공조 등에 배치하였다. 또, 군교는 군 경력을 우대하여 포도청에 대거 배치하였다.

정작 모든 결정을 내린 이혼은 뒤로 한 발 물러나 관망하는 자세를 취한지라, 이조판서 이원익이 마치 이번 일을 독단적으로 결정한 거처럼 다른 사람들에게 비춰지기 시작했다.

당연히 이원익은 사람들에게 엄청난 비난을 들었다. 동료 관원들, 사대부들, 유생들 할 거 없이 기득권층에게 그는 원수보다 더한 자로 낙인찍혔다. 심지어 유생의 이름을 적은 명부인 청금록(靑衿錄)에서 삭제 당하는 굴욕마저 겪었다.

그러나 이원익은 약속한 대로 그 비난을 꿋꿋이 견뎠다.

그리고 사직하지 않은 채 중인계급을 제도상으로 끌어올리는 일을 훌륭히 처리했다. 사람들의 비난은 점점 거세졌다.

임금이 허락하지 않은 일을 이원익이 독단으로 처리할 수 없음에도 불구하고 사람들은 이원익을 원흉으로 생각하였다.

급기야 삼남의 유생 수천 명이 상경해 단식농성을 벌였다. 그리고 이에 호응한 많은 관원이 관청에 출근하지 않았다.

조정의 기능이 사실상 마비상태에 놓였다.

영의정 유성룡이 관원과 유생을 대표해 이혼을 찾았다.

"전하, 이대로는 나라를 운영할 수 없사옵니다."

"그럼 어찌해야하오?"

"중인 등용을 잠시 미루시옵소서. 그리고 이판을 잠시 피하게 하는 게 이번 사태를 봉합할 수 있는 방법일 것이옵니다."

이혼은 고개를 저었다.

"차라리 이판을 죽이는 것은 어떻겠소?"

유성룡의 눈이 찢어질 듯 커졌다.

"전, 전하, 어찌 그런 말씀을 다 하시옵니까. 이판은 공을 많이 세운 사람이옵니다. 함부로 목숨을 거둬선 안 되옵니다."

이혼은 다시 고개를 저었다.

"이판을 죽여야겠소. 그렇다고 진짜 죽일 수는 없으니 적당한 시기에 영상이 상소를 올려 사형을 멈춰주도록 하시오."

잠시 고민하던 유성룡은 결국 이혼의 뜻에 따르기로 하였다.

다음 날, 이혼은 이번 사태의 주동자라는 이유로 이조판서 이원익에게 바로 사약을 내렸다. 이 소식에 오히려 상대가 깜짝 놀라 어쩔 줄 모를 지경이었다. 이원익의 귀양정도를 예상했는데 갑자기 사형이라니 전혀 예상 못한 일이었다.

이원익이 누구인가.

이혼이 세자시절부터 도움을 받은 공신이 아닌가.

만약, 이원익이 도와주지 않았으면 지금 보위에 있는 사람은 여전히 선조이거나, 아니면 다른 왕자 중 하나였을 것이다.

한데 이혼은 그런 이원익을 즉결심판에 가까운 사형에 처했다.

이원익은 업무를 보던 중 의금부 도사들에게 끌려가 의금부 뇌옥에 갇혔다. 이미 예상을 했는지 잡혀가는 이원익의 표정이 아주 편안해보였다는 사람들의 말이 잇달아 들려왔다.

갑작스러운 이원익의 사형결정으로 중인 등용을 반대하던 목소리가 점차 줄어들었다. 더구나 이원익은 남인, 서인, 북인할 거 없이 모든 당의 존경을 받는 사람이라, 조금 이기는 하지만 이원익을 살려야한다는 목소리가 나오기 시작했다.

그때, 영의정 유성룡이 머리를 풀어헤친 채 석고대죄를 하였다.

"이원익을 죽여선 아니 되옵니다, 전하! 나라의 간성(干城)을 이토록 허무하게 잃는다면 다음에 누가 나라를 위해 일하려 들겠사옵니까! 부디 통촉하여 결정을 재고해주시옵소서!"

그러나 이혼은 의금부에 명해 빨리 사형을 진행하란 지시를 내렸다. 유성룡 혼자선 막을 수 없다는 생각을 했는지 정탁, 이항복, 이덕형 등이 석고대죄로 이원익 구명에 나섰다.

그 사이, 이원익은 금부도사와 함께 형장으로 향했다.

이미 생사를 초탈했는지 그의 얼굴은 더없이 편안해보였다.

"어허, 어서 가세."

오히려 주춤하는 금부도사를 재촉할 지경이었다.

금부도사가 오히려 걱정하는 표정으로 물었다.

"전하께서 정말 대감에게 사약을 내리실까요?"

"어허, 이 사람 큰일 날 소리를 하는구먼. 왕명은 지엄한 법일세. 군왕이 명을 내렸다가 취소한다면 어찌 위엄이 서겠는가."

이원익은 앞장서서 형장으로 걸어갔다.

결국, 형장에 도착한 이원익은 교지를 든 사자를 기다렸다. 교지를 읽어 먼저 죄상을 밝힌 후에 사약을 내리는 게 관례였다. 얼마 후, 교지와 사약을 든 이혼의 사자가 도착했다.

사자는 먼저 교지를 펼쳤다.

이원익은 그 앞에 두 무릎을 꿇었다.

사자는 이원익을 힐끔 보더니 더듬거리며 교지를 읽어 갔다.

승정원의 어느 글 잘하는 이가 지었는지 아주 준엄한 어조로 이원익이 지은 죄를 꾸짖었다. 짧은 낭독이 끝난 후 금부도사가 미리 준비해둔 사약을 가져와 이원익 앞에 놓았다.

이원익은 행궁이 있는 쪽을 향해 절을 올렸다.

그리곤 미련 없이 눈앞에 있는 사약에 손을 뻗었다.

눈처럼 하얀 사발과 찰랑거리는 검은색 물은 묘한 조화를 이루었다. 이런 모습으로 사람 앞에 나타날 수 있는 것은 두 가지였다. 바로 보약과 사약이었다. 보약이라면 치료와 건강을 의미하지만 그게 사약이라면 죽음과 파멸을 의미한다.

안타깝게도 이원익은 그 중 후자를 택해야했다.

검은 물에 비치는 자신의 쓸쓸한 눈빛을 잠시 바라보던 이원익은 이내 입으로 가져갔다. 이제 고통이 찾아올 것이다. 그리고 그 고통이 끝난 후에는 무(無)의 상태로 변할 것이다.

차라리 무로 돌아가자.

빨리 안식을 찾자.

이원익은 사약그릇을 입에 대었다.

그 순간, 옆에 있던 금부도사가 손으로 그릇을 쳐버렸다.

너무 갑작스러운 상황인지라, 모두 황당한 얼굴로 쳐다보았다.

심지어 당사자인 이원익마저 당황을 감추지 못했다.

이원익의 입으로 들어갔어야 할 사약이 돗자리를 적셔갔다.

형 집행을 맡은 의금부 경력(經歷)이 소리쳤다.

"저 놈을 잡아라!"

그 말에 경계를 서던 의금부 나장(羅將)들이 창으로 금부도사를 겨누었다. 그때, 금부도사가 손으로 서쪽을 가리켰다.

그 순간, 등에 깃발을 꽂은 전령이 말을 타고 도착했다.

전령은 장내를 빠르게 훑어보더니 가져온 교지를 펼쳐보였다.

"어명을 받으시오!"

그 말에 모든 사람이 바닥에 엎드려 어명을 받았다.

안장 위에서 훌쩍 뛰어내린 전령이 교지를 사자에게 건넸다.

어지에 절을 올린 사자가 교지를 받아 읽어 내려갔다.

"죄인 이원익의 사형을 당장 중지하라!"

그 말이 전부였다.

그러나 그거면 충분했다.

의금부 경력은 오히려 사약그릇을 건드린 금부도사를 칭찬했다. 만약 금부도사가 제때 사약그릇을 건드리지 않았으면 의금부는 사형수가 아닌 자를 죽인 죄를 지었을 것이다.

이원익은 다시 금부도사에게 붙들려 의금부 뇌옥으로 향했다.

뇌옥으로 돌아가던 중 이원익이 금부도사에게 물었다.

"전령이 온다는 사실을 어떻게 알았는가?"

금부도사가 싱긋 웃었다.

"사실 저는 전령이 언제 올지 몰랐습니다."

"하면?"

"아침에 도승지대감이 저를 몰래 찾아와서는 전하의 어명이라며 대감이 사약을 마실 때 그릇을 깨트리라고 하였습니다."

이원익은 행궁이 있는 쪽을 보며 고개를 저었다.

뭔가 알 듯 말 듯 하였다.

어쨌든 이렇게 하여 이원익은 목숨을 건졌다.

그러나 워낙 반발이 거센지라, 남해의 섬으로 귀양을 가야했다.

이혼은 사태를 수습하기 위해 이원익이 떠난 이조판서 자리에 도승지 이덕형을 임명했다. 그리고 이덕형이 떠나며 빈 도승지 자리엔 최측근이라 할 수 있는 정말수를 임명했다.

정말수는 임진왜란 초기에 국경인과 반란을 일으키려다가 투항한 자로 머리가 똑똑하고 눈치가 빨라 총애를 받아왔다.

이혼이 근위사단장을 겸할 때는 부관으로, 이혼이 즉위한 후에는 동부승지를 맡아 이혼을 측근에서 보좌하였다. 그리고 마침내 도승지에 올랐으니 참으로 파란만장한 삶이었다.

이혼은 관원들의 등청거부를 멈추기 위해 유성룡을 불렀다.

"이원익을 귀양 보냈으니 이제 업무에 복귀하라 하시오."

유성룡은 관원들을 모아 이혼의 뜻을 전했으나 그들은 여전히 강경한 입장이었다. 이혼이 중인등용정책을 완전히 포기하지 않으면 업무에 복귀하지 않겠다는 입장을 고수하였다.

유성룡의 입을 통해 입장을 전해들은 이혼은 고개를 끄덕였다.

"좋소. 앞으로 3일간의 유예기간을 주겠소. 만약, 3일

안에 복귀하지 않을 경우, 모두 사직처리 하겠소. 그리 전하시오."

이혼과 관원 사이의 중재를 맡은 유성룡은 다시 관원들을 모아 이혼의 뜻을 전달했다. 그 즉시, 관원들은 세 파로 갈렸다.

어차피 벼슬을 오래할 생각이 없었다며 오히려 이혼의 결정을 반기는 이들이 그 중 한 부류였다. 그들은 자신을 이미 귀족으로 여기는지라, 중인과는 같이 업무를 볼 수 없었다.

그들은 이혼이 쫓아내면 고향에 내려가 산림(山林)으로 있으며, 제자들을 키우면 그뿐이라는 생각이었는데 그들이 그런 생각을 할 수 있었던 이유는 그들이 지주라는 점에 있었다. 먹고 사는데 전혀 지장 없으니 그런 생각을 하는 것이다.

그들은 이를테면 강경 보수파였다.

두 번째는 망설이는 자들이었다. 신념과 현실 사이에서 갈등하며 복귀도, 그렇다고 고향으로 떠나지도 못하는 부류였다.

이들은 중도에 해당했다.

마지막 세 번째는 이혼에게 굴복해 업무에 복귀한 자들이었다.

이 세 번째 부류는 다시 두 가지로 나뉘었다.

하나는 진보적인 성향을 가진 자들로 중인계급을 없애는 일에 동의하는 사람들이었다. 그리고 다른 하나는 현실 문제에 부딪쳐 복귀한 자들이었다. 이들은 대게 고향에 재산이 별로 없어 신념 대신 현실을 먼저 택한 자라 할 수 있었다.

이혼은 오랜만에 연 조회에 나가 천명했다.

"과인이 유예기간을 주었음에도 업무에 복귀하지 않은 자들이 있다면 모두 파직하시오. 그리고 법령을 바꾸어 다시는 출사하지 못하게 하시오. 그들은 잇속을 챙기기 위해 나라를 버린 자들이오. 그들이 아무리 엄청난 공을 세우더라도 과인은 그들을 다시는 조정에 불러들이지 않을 생각이오."

조정을 물갈이한 이혼은 우의정 정철을 처소로 불러 나라의 법령을 바꾸는 작업에 들어갔다. 그리고 적서차별을 내친 김에 없애버렸으며 양반과 양인 사이에 위치한 역관, 의원, 화원, 서리, 향리 등을 모두 양반의 위치까지 끌어올렸다.

말 그대로 중인계급을 제도상에서 지워버린 것이다.

보수파가 이원익을 물고 늘어지는 사이, 이혼은 물 밑에서 차분하게 일을 진행하여 결국 중인계급을 없애는데 성공했다.

중인출신으로 관직에 발을 디딘 이들은 빠른 속도로 진

급했다. 보수파 출신의 관원들이 낙향하며 빈자리에 그들을 앉힌 것이다. 이제 조선엔 더 이상 중인은 존재하지 않았다.

그러나 마무리가 끝난 것은 아니었다.

아직 한 가지 일이 더 남아있었다.

이혼은 유성룡, 이산해, 정철 등 삼정승의 주청을 받아들이는 형태로 남해에 귀양 간 이원익을 풀어주었다. 그리고 이원익을 다시 도성으로 불러올려서는 야간에 은밀히 만났다.

이원익은 먼저 절부터 올렸다.

"옥체 강녕하셨사옵니까."

"오, 고생이 많았소. 이번에 경에게 신세를 졌구려."

"아니옵니다. 오히려 도움을 드렸다니 기쁘기 한량없사옵니다."

이혼은 술을 그의 잔에 따라주었다.

"쭉 들이켜시오. 우리가 다시 만난 것을 기념하는 술이니까."

"황송하옵니다."

이원익은 고개를 돌려 술을 마셨다.

"신이 한 잔 따라드리겠사옵니다."

"그럼 고맙지."

이혼은 이원익이 따른 술을 마시며 물었다.

"건강은 어떻소?"

"신이 나이가 들긴 하였으나 관에 들어갈 정도는 아니옵니다."

이혼은 평소에 좋아하는 안주를 한 점 집어 입에 가져갔다.

그리곤 무심한 얼굴로 입을 열었다.

"다행이오. 그럼 바로 일을 할 수 있겠군."

이원익은 이제야 본론이 나오나 싶었는지 엷은 미소를 지었다.

"그렇사옵니다."

"경이 사헌부의 대사헌을 맡아줘야겠소."

"대사헌을 말이옵니까?"

"경이 대사헌을 맡아 조정 관원들의 부정과 비리를 감시해주시오. 부패의 사슬을 끊지 않으면 조선은 이 꼴로 계속 살아갈 수밖에 없소. 먼저 부패의 사실을 끊는 게 중요하오. 그리고 그 일에 경보다 적격인 사람을 찾기 힘들것이오."

이원익의 시선이 밑으로 내려갔다.

"신이 할 수 있을지……."

"솔직히 말하면 이번 일을 결정함에 있어 경의 능력은 별로 고려하지 않았소. 과인이 높게 본 것은 경의 성품이오. 경의 청렴한 성품과 당파에 연연하지 않는 그 자세가 마음에 들었소. 그래서 이 어려운 일을 경에게 맡기려는 것이오."

이원익은 미소를 지으며 비어있는 이혼의 잔에 술을 채웠다.

"이번에도 관원들의 욕은 신이 다 먹는 것이옵니까?"

"하하, 그렇소."

웃던 이혼은 돌연 정색했다.

"그러나 과인과 조선 백성 전체가 경을 지지할 것이오."

"그거면 충분하옵니다. 아니, 넘치는 대가이옵니다."

"그렇소. 과인도 경이라면 그럴 거라 짐작했소."

다음 날, 이혼은 이원익을 사헌부 대사헌에 임명했다.

그야말로 화려한 귀환이었다.

그리고 이원익은 그날 바로 업무를 시작했다.

부패한 탐관오리에겐 저승사자보다 무서운 사람의 출현이었다.

이혼은 이원익을 지원하기 위해 사헌부의 인원과 재원을 몇 배로 늘렸다. 그리곤 중앙과 지방의 관원을 항시 감시하게 하였다. 그들이 뇌물을 받는지, 아니면 이권을 행사하는지, 또 그게 아니면 불법적으로 강탈하는지 등을 조사해 이를 매일 의금부에 보고했다. 그러면 의금부는 이혼의 재가를 받아 이 자들을 체포하러 다녔다. 그리고 체포당해 도성으로 압송당한 자들은 형조의 재판을 거쳐 바로처리했다.

봐주는 법은 절대 없었다.

왕실의 인척이거나, 권문세자의 자제들이 오히려 더 큰 처벌을 받았다. 이른바 권력형 범죄는 가중처벌을 받는 것이다.

부패사범들을 처리하던 이혼은 국법을 정비할 필요성을 느꼈다.

사람이 아니라, 법이 판단하는 게 가장 좋았다.

사람이 개입하면 사적인 감정이 들어갈 수 있어 판결하는 판관과 처벌을 받아야하는 죄인 모두 피해를 입을 수 있었다.

이혼은 바로 형조판서 기자헌을 불렀다.

"국법을 정비해야겠소. 먼저 형법부터 시작하시오."

"예, 전하."

이혼은 또 치안과 국방의 분리에 나섰다.

지금은 군이 지방의 치안을 같이 담당하는 구조였다.

이는 전문성을 떨어트리는 결과를 불러와 개혁이 필요했다.

우선은 치안을 맡을 총책임자가 필요했다.

경험이 많은 군 출신을 중심으로 각계에서 인재 천거를 받았는데 한 사람의 이름이 가장 많이 나왔다. 바로 이순신과 함께 국난극복에 공을 세운 어영담이었다. 무예와 담력, 지략이 모두 뛰어난 그는 나이가 많다는 이유로 군의 요직을 스스로 사양한 후 고향에 내려가 농사를 짓는 중이었다.

이혼은 어영담을 불러올려 포도청의 포도대장을 맡겼다.

어영담은 나이를 이유로 한두 차례 거절했으나 결국 이혼의 고집을 꺾지 못해 상경했다. 그리고 포도대장자리를 맡았다.

이혼은 어영담 앞에 팔도가 나온 지도를 펼쳤다. 정유재란 전에 제작한 지도로 전의 지도보다 더 정확하며 더 세밀했다.

"감영이 있는 지역엔 큰 포도청을 만드시오. 그리고 작은 고을엔 작은 포도청을 만드시오. 큰 포도청이 작은 포도청을 지휘해 도내에 발생한 각종 사건을 수사하게 하는 것이오."

"알겠사옵니다."

"포도군사는 군 출신을 특채하거나, 아니면 채용공고를 내어 모집하도록 하시오. 교통이 좋지 않은 곳이 많으니 충분한 수를 뽑는 게 좋을 것이오. 또, 포도군사가 부패나, 범죄를 저지르면 민간이이 저지르는 범죄보다 그 폐해가 크니 도성 포도청 안에 감시기구를 만들어 항상 감시하도록 하시오. 사헌부도 나서겠지만 자체 정화기구가 꼭 필요하오."

"그리하겠사옵니다."

"포도군사를 무장시킬 무기는 군기시가 조달을 해줄 것이오."

치안 다음은 세법의 정리였다.

이는 호조와 형조가 같이 협력해야하는 작업이었다.

형조는 형법에 이어 세법을 새로 만들었다.

세법을 완성해야 그에 근거해 호조가 세금을 걷을 수 있었다.

호조와 형조의 실무진이 만나 세금의 종류에 대해 상의했다.

호조판서 이항복이 먼저 운을 띄웠다.

"세금은 두 가지로 나누어 걷어야할 것이오."

형조판서 기자헌이 물었다.

"그 두 가지가 무엇이오?"

"소득에 대한 세금과 자산에 관한 세금이오."

이항복의 대답에 형조의 관원들이 웅성거렸다.

기자헌이 그들을 조용히 시킨 연후에 이항복에게 질문했다.

"소득에 대한 세금은 당연하오. 그러나 자산에 대한 세금은 어떻게 매긴다는 건지 모르겠소? 전답에 매긴다는 건지, 아니면 소유한 땅에 재산을 매긴다는 건지 명확히 해주시오."

"당연히 후자요. 토지, 농지, 거주지 등 소유한 모든 자산에 대한 세금을 매기는 것이오. 주상전하께서 이 점을 강조하셨으니 형조는 이를 뒷받침할 세법을 만들어야할 것이오."

이항복의 대답에 기자헌은 고개를 저었다.

"위험한 정책 아니오? 지방에 농지를 가진 사람이 적지 않은데 가진 자산마다 모두 세금을 매긴다면 반발이 클 것이오."

이항복은 바로 반박했다.

"위험을 부담하는 것은 전하께서 하실 일이지, 우리가 걱정할 일은 아닐 것이오. 우린 이 점을 토대로 법을 만듭시다."

몇 달 후, 조정은 새로운 세법을 만들어 공표했다.

사실 조선은 정치제도, 사법제도 모두 중국의 것을 모방했다. 세금제도 역시 당나라가 시행하던 조용조(租庸調)체제를 그대로 빌려와 조선 현실에 맞게 바꿔 시행했는데 조용조의 조(租)는 전답에 부과하는 세금, 용(庸)은 백성에게 부과하는 부역, 그리고 조(調)는 가호에 부과하는 공납이었다.

이혼은 이 중 조에 해당하는 공납을 일치감치 없앴다.

공납은 폐단이 너무 많아 백성의 고혈을 빠는 대표적인 악법이었다. 공납은 쉽게 말해 지방의 특산물을 조정과 왕실에 바치는 법이었다. 그러나 공납은 여러 이권단체가 끼어드는 바람에 백성의 고혈을 빠는 대표적인 악법으로 유명했다.

그 지방에 나는 특산물을 공납으로 요구해오면 그나마 나을 정도였는데 보통은 그 지방에 나는 특산물 대신, 다른 지방의 특산물을 요구하는 경우가 많아 백성들은 공납을 위해 다른 지방의 특산물을 사야하는 경우가 생기기 시작했다.

이 와중에 방납업자(防納業者)가 판을 치는 바람에 백성들은 이중으로 피해를 보아 수많은 사람들을 도탄에 빠트렸다.

이혼은 공납을 아예 폐지해버렸다.

그리고 공납을 통해 수급하던 물자들은 돈을 주고 구입했다.

이혼이 그 다음에 없앤 것은 용, 즉 부역이었다.

말 그대로 임금이나, 지방의 수령이 백성을 강제로 동원한 다음, 그들의 노동력을 공짜로 착취해 사용하는 게 용이었다.

용에는 성채의 건설부터 시작해 도로의 정비, 관개시설 정비 등 각종 부역이 있었는데 이혼은 이 용을 완전히 없앴다.

그리고 백성의 노동력이 필요한 작업은 인부를 사서 해결했다.

조용조의 용(庸)과 조(調)를 없앴으니 이제 조(租)가 남았다.

그러나 당연히 이 조(租)는 없앨 수 없었다.

조를 통해 거두어들이는 수익으로 나라를 운영해야하는데 조를 없앤다면 정부를 운영하지 않겠다는 말과 다름없었다.

대신, 백성의 부담을 줄일 수는 없었다.

어찌 보면 백성들에겐 특산물을 바쳐야하는 공납이 가장 큰 부담처럼 보이지만 사실 전통적인 세금을 뜻하는 이 조(租) 역시 엄청난 부담을 선사했다. 탐관오리들은 백성이 소유하지 않은 농지에 세금을 부과하는 백지징세(白地徵稅), 실제 세액보다 몇 배의 세금을 거두는 도결(都結)과 방결(防結), 그 외에 잡다한 세금까지 내야하는 부담을 졌다.

이혼은 이 세금을 두 개로 줄였다.

그리고 그 외에 다른 세금을 걷는 자는 국법에 따라 처리했다.

이혼이 만든 두 개의 세금은 재산세와 소득세였다.

재산세는 말 그대로 소유한 재산에 대한 세금이었다.

이는 조정이 필요로 하는 세수의 확보는 물론이거니와 빈부격차를 줄이는 효과마저 있는 기본 세금으로 당연히 재산이 많으면 많이 내고 적으면 적게 내는 게 바로 재산세였다.

소득세는 당연히 소득에 매기는 세금이었는데 이혼은 혁신적인 세법을 도입했다. 바로 누진세(累進稅)였다. 즉, 소득이 많을수록 소득에 비해 내는 세금의 비율을 높인 것이다.

100만원을 버는 사람과 10만원을 버는 사람이 똑같은 비율을 세금을 내면 100만원을 버는 사람이 훨씬 이득이었다.

그래서 과세구간을 정해 소득이 높을수록 세금을 더 부과했다.

기본적인 세율은 직업에 상관없이 2할이었는데 소득이 아주 많으면 4할까지 늘렸으며, 소득이 적으면 1할로 줄여줄었다.

또, 형편이 아주 안 좋을 경우, 세금면제 등의 혜택을 주었다.

이혼은 세금을 공표함과 동시에 대대적인 양전(量田)을 실시했다. 양전은 경작지의 정확한 면적과 실소유자를 조사하는 것으로 이를 이용해 개인의 재산을 파악할 요량이었다.

양전에는 엄청나게 많은 인원과 재원이 필요해 재원은 호조가, 그리고 인원은 이조가 서로 협조해 해나가기로 하였다.

이혼은 또 호조 산하에 있던 판적사(版籍司)의 규모를 늘렸다. 판적사는 세금을 부과해 거두는 관청으로 앞으로 세금에 대한 업무가 늘어날 것에 대비해 인원을 보충해주었다.

세금징수는 곧 탈세의 역사라 할 수 있었다.

대부분의 백성은 나라가 자신에게 해준 게 없는데 자기가 번 돈을 빼앗아간다는 식으로 세금을 해석하기 마련이었다.

그러나 그런 생각을 하는 백성이 많을수록 재정건전성이 떨어져 망조의 길을 걷기 마련이었다. 그리고 세금을 성실히 납부하는 납세자에게 피해를 전가하는 몰염치한 행위였다.

이혼은 탈세를 잡기 위해 판적사에 탈세담당부서를 만들어 이를 운용했다. 그리고 그 부서에 수사권과 체포권을 주었다.

그야말로 전 방위적인 압박을 펼쳐 재산축소, 세금탈루, 세금누락, 세금납부 거부 등을 하지 못하게 철저히 감시하였다.

이혼은 세법공표와 호조의 판적사확대, 그리고 양전을 시작함과 동시에 팔도에 있는 모든 군과 포도청, 그리고 국정원의 내사 등을 총 가동해 역모의 기운이 있는지 감시했다.

이혼의 걱정은 기우가 아니었다.

새로운 세법 등을 발표하기 무섭게 불만이 들불처럼 일

었다.

특히, 많은 토지를 소유한 지주와 토호들이 문제였다.

편법으로 면제받거나, 아니면 소작농에게 세금을 떠넘기던 지주와 토호들은 양전과 세법의 개정으로 큰 피해를 입었다.

곳곳에서 양전하러 나온 관원을 폭행당하거나, 아니면 세금을 징수하려는 판적사 관원이 협박당하기 일쑤였다. 심지어 관원이 사망하는 사례까지 나오며 분위기가 험악해졌다.

이혼은 조회에 나가 형조판서 기자헌에게 물었다.

"새로 제정한 형법에 의하면 공무를 수행하는 관원을 폭행하거나, 아니면 살해할 경우, 죄인을 어떤 처벌을 받아야하오?"

기자헌이 형법이 적힌 책을 보며 대답했다.

"폭행할 경우엔 10년 이상의 노역형, 살해할 경우엔 사형이옵니다. 또, 민법에 의해 피해자에게 손해배상 해야하옵니다."

이혼은 호조판서 이항복과 형조판서 기자헌에게 명을 내렸다.

"형조는 포도청을 동원해 호조의 관원들을 보호하도록 하시오. 그리고 호조는 이에 굴하지 말고 더 강하게 나가시오."

명을 받은 두 사람이 동시에 대답했다.

"예, 전하."

조회를 마친 후.

이혼은 병조판서 정탁과 도원수 권율을 불렀다.

"휴가 간 병사들을 빨리 복귀시키도록 하시오. 그리고 언제든 출동을 할 수 있도록 만반의 준비를 갖추고 기다리시오."

서로의 얼굴을 쳐다본 정탁과 권율은 고개를 끄덕였다.

"알겠사옵니다."

두 사람이 돌아간 후.

이혼은 국정원장 강문우를 불렀다.

"삼남의 상태가 어떻소?"

"조정에 대한 불만이 곧 터질 것 같사옵니다."

"국정원이 적당히 자극해 먼저 터트려버리시오."

강문우가 흠칫해 물었다.

"저들이 먼저 도발하도록 만들라는 말씀이옵니까?"

"그렇소. 다른 곳으로 옮겨가기 전에 터트려야겠소."

"바로 조치하겠사옵니다."

강문우마저 돌아간 후 이혼은 벽에 기대 눈을 감았다.

정유년의 전쟁이 끝난 후부터 쉼 없이 3년간 일하다보니 피곤이 몰려왔다. 그러나 아직 할 일이 태산처럼 남아 있었다.

10장. 폭풍전야(暴風前夜)

光海錄

10장. 폭풍전야(暴風前夜)

　이몽학의 난을 성공적으로 진압한 덕분에 허균은 국정원 내사의 책임자에 올랐다. 그리고 국정원이 포섭했던 조석구의 오른팔 박대행수는 신분과 이름을 감춘 채 지방 소도시에 있는 작은 마을로 가족과 이주해 장사를 하는 중이었다.

　물론, 도망치다가 잡힌 조석구 등 이몽학의 난을 지원했던 관련자들은 전부 사형, 또는 노역형에 처해졌다. 노역형은 말 그대로 자유를 박탈당한 채 노동을 해야 하는 형벌이었다.

　이혼이 즉위한 후에는 귀양이나, 가택연금 같은 비효율적인 징벌이 점차 사라졌다. 그리고 형법을 바꾸어 더 이상 몇 십 년 동안 귀양을 보내는 등의 일은 일어나지 않았다.

국법을 어겨 죄를 지었으면 편하게 귀양생활을 할 게 아니라, 제대로 그 죗값을 치러야한다는 게 이혼의 지론이었다.

중인등용문제에 반발한 기존 관원들이 대거 사직하며 관계에 세대교체가 강제로 진행 중이었는데 그 덕분에 실력 있는 젊은 관원들이 빠른 속도로 중앙정계에 진입 중이었다.

그 대표적인 사람을 꼽으라면 허성(許筬), 허균, 김집(金集), 김상헌(金尙憲), 남이공(南以恭), 유영경(柳永慶)이었다. 나이는 제각기 다르지만 모두 경세가의 재능이 있었다.

그리고 그 중 가장 빠른 속도를 보이는 사람은 단연 허균이었다. 이혼은 허균의 총명함과 개혁적인 생각이 마음에 들어 그를 국정원에 둔 후 강문우에게 일을 배우도록 했다.

그런 허균이 지금은 내사의 수장 자격으로 삼남에 내려와 있었다. 국정원은 모든 게 1급 비밀이었다. 국정원이 정보를 취급하는 단체인 만큼, 어디에 지부가 있는지, 그리고 누가 국정원의 요원인지 모르도록 철저히 베일에 가려져있었다.

허균은 경상도 모처에 있는 지부에 나와 상황을 점검하였다.

한반도의 곡창역할을 하는 삼남 중 제대로 곡창이라 부를 수 있는 지역은 전라도 밖에 없었다. 충청도와 경상도는 산지가 많아 곡창으로 부르기 민망한 수준이었는데 허균이 전라도가 아니라, 경상도에 나와 있는 이유는 다른데 있었다.

전라도의 곡창은 도성에 있는 권세가의 소유가 많은 편이었다. 가장 힘이 센 사람이 가장 좋은 것을 가져가는 게 자연의 법칙인 거처럼 나는 새도 떨어트린다는 권세가들이 가장 좋은 땅을 소유한 것이다. 그에 비해 경상도는 지역에 막대한 영향력을 행사하는 지주, 토호들이 더 많은 편이었다.

그리고 지금 불온한 움직임을 보이는 사람들이 바로 이 경상도의 지주와 토호들이었다. 그들을 중심으로 전라도, 충청도, 경기도, 황해도, 강원도의 지주와 토호들이 집결해갔다.

허균은 눈앞에 있는 건장한 체격의 사내를 바라보았다.

부리부리한 눈에 각진 턱과 짙은 눈썹이 마치 호랑이를 닮았다.

사내의 이름은 이산겸(李山謙)이었다.

그는 토정 이지함의 서자였는데 서얼금고(庶★禁錮)로 인해 아무리 큰 공을 세우더라도 요직에 올라가는 게 힘들었다.

그러나 이번에 이혼이 서얼금고를 혁파하는 바람에 마침내 요직에 올라갈 수 있는 문이 열렸다. 이조판서 이덕형은 그의 재능이 문보다는 무에 있음을 간파해 국정원에 보냈다.

국정원의 강문우와 허균 역시 이산겸의 재능이 범상치 않음을 아는지라, 그를 이번 작전에 투입하기로 결정을 내렸다.

이산겸은 허균보다 먼저 삼남에 내려와 동태를 살피다가 경상도의 토호로 이혼의 정책에 가장 크게 반발하던 유윤중(柳尹中)이란 자에게 접근해 어느 정도 호감을 산 상태였다.

이산겸은 유윤중에게 자신의 신분을 그대로 노출했다.

물론, 그가 국정원 소속이라는 것은 당연히 말하지 않지만 그 외의 신분은 모두 드러냈는데 토정 이지함의 서자인 사실과 좌의정 이산해와 4촌간이라는 사실, 또, 임진왜란에 의병장으로 참전해 공을 세웠던 일 등을 모두 털어놓았다.

허균이 앞자리에 앉은 이산겸에게 질문했다.

"상황이 어떻소?"

"유윤중이 저를 신뢰하는 것 같았습니다."

"그렇소?"

"제가 임진왜란 때 세운 공이 나중에 허위로 밝혀져 공신록에서 이름을 삭제 당했다는 사실을 전혀 의심치 않았습니다."

허균은 안도의 숨을 내쉬었다.

"우리가 공신록을 미리 손봐둔 게 통한 모양이오."

이혼은 임진왜란이 끝난 다음, 으레 그렇듯 공신록을 만들었다.

그러나 전과 다른 점이라면 그 공신록은 오로지 명예만 있다는 점이었다. 세조와 중종이 공신을 남발하는 바람에 15세기 조선이 최악으로 치달았음을 볼 때 합리적인 결정이었다. 공신들 사이에 불만은 나온 모양이지만 방법이 없었다.

공신록은 1급, 2급, 3급으로 나뉘어져있었는데 1급은 유성룡, 이순신, 권율, 곽재우 등이 받았다. 그리고 2급은 이항복, 이덕형, 이억기, 권응수, 정문부 등이 받았으며 3급은 그 외에 나머지 관원과 장수, 그리고 각지의 의병장이 받았다.

이혼은 공신록에 이름을 올린 공신들에게 금으로 만든 훈장과 공신임을 인정하는 증서, 그리고 서적과 무기 등을 내렸다.

이산겸은 의병장 출신이니 당연히 3급에 올라가 훈장과 증서, 그리고 전리품으로 얻은 무기를 받아야했다. 그리고 실제로 받았다. 그러나 이번 작전을 준비하기 전에 이산겸이 올라가 있던 공신록 3급 명부에서 그의 이름을 삭제해 버렸다.

의심이 많은 유윤중은 도성에 있는 인맥을 통해 이를 확인해보곤 이산겸이 정말로 공신록에서 이름을 삭제 당했다는 사실을 알아냈다. 그래서 이산겸이 조정에 대한 불만을 내비치며 그에게 접근을 해왔을 때 전혀 의심을 하지 않았다.

유윤중은 의병장출신인 그를 군사고문으로 삼아 본격적인 반란준비에 들어갔다. 한강 이남에 있는 지주, 토호와 서신을 은밀히 주고받으며 포도청의 감시를 피할 수 있는 깊은 산속에 훈련장을 차려놓곤 부하들을 훈련시키는 중이었다.

유윤중의 측근으로 잠입한 이산겸은 반란 정보를 아는 대로 속속 암호화시켜 국정원 요원에게 전달했다. 그러면 국정원 요원은 그 암호를 국정원에 있는 분석가에게 전달했다.

다시 분석가들은 암호를 해독해 수뇌부에 전달했다.

허균이 지도를 보며 물었다.

"반란군이 숨어있는 산이 지금 소백산(小白山), 주왕산(周王山), 월악산(月岳山), 내장산(內藏山), 지리산(智異山), 설악산(雪岳山), 태백산(太白山), 금강산(金剛山)이 맞소?"

"맞습니다."

"병력은 얼마나 되오?"

이산겸이 지도에 나와 있는 산들을 가리키며 설명했다.

"적은 곳은 수백인 곳도 있고 많은 곳은 기천에 이르는 곳도 있습니다. 특히, 주왕산과 소백산에 병력이 많은 편입니다."

"흐음."

숨을 한차례 삼킨 허균이 다시 물었다.

"거사는 언제쯤 벌일 것 같소?"

"제 생각을 물어보시는 겁니까? 아니면 확실한 날짜를 원하시는 겁니까? 저 역시 확실한 거사 기일은 아직 모릅니다."

허균은 고개를 끄덕였다.

"그럼 그대의 생각을 말해주시오."

"최소 1년에서 2년은 걸릴 거라 생각합니다."

이산겸의 대답에 허균은 미간에 내 천자(川字)를 만들었다.

"너무 긴 게 아니오? 그러면 보안에 빈틈이 생길 텐데."

"그들은 우리 군을 두려워하는 중입니다. 임진년과 정유년에 군에 있던 사람의 입을 통해 군이 얼마나 강한지 알 테니 겁이 나는 게지요. 그렇다고 넋을 놓고 있을 수도 없어 일단 울며 겨자 먹는 식으로 준비는 해놓는 상태로 보입니다."

허균은 심각한 표정으로 고개를 저었다.

그 모습을 본 이산겸이 급히 물었다.

"문제가 생겼습니까? 아까부터 표정이 좋지 못하십니다."

허균은 고개를 끄덕였다.

"그렇소. 문제가 발생했소. 심각한 문제요."

이산겸이 긴장한 목소리로 물었다.

"뭡니까? 그 문제가?"

"웃전에서……. 아, 먼저 웃전이 어떤 분을 가리키는지 아시오?"

허균의 말에 이산겸은 침을 꿀꺽 삼켰다.

"압니다. 모를 수가 없지요."

"그 웃전에서 이번 일을 빨리 진행시켜버리라는 명이 내려왔소."

"어떻게 진행하라는 말씀이신지?"

"다른 곳도 곪기 전에 종기를 터트려버리라는 지시오."

이산겸은 이해가 가지 않는 얼굴이었다.

이런 일은 신중해야 실수가 적은 법이었다.

그냥 일이 아니라, 나라의 명운이 달려있는 반란사건이 아닌가.

한데 오히려 서두르라는 것이다.

그로선 좀처럼 이해가 가지 않는 일이었다.

"대체 갑자기 서두르라는 이유가 무엇입니까?"

"내 얼핏 듣기론 군을 크게 움직일 생각인 듯하오."

이산겸은 화들짝 놀라 물었다.

"설마 왜국이 또 쳐들어올 기미가 있는 겁니까?"

"아, 그 이야긴 그만합시다. 이건 위험한 얘기니까."

이산겸은 고개를 끄덕였다.

몰라도 되는 이야기를 알 필요는 없었다.

몰라도 되는 이야기를 알았을 때 사람들은 큰 상처를 입었다.

"알겠습니다."

허균은 듣는 사람이 없었지만 목소리를 낮춰 지시를 내렸다.

"며칠을 고민하다가 좋은 방법을 하나 찾아냈소."

허균의 계책을 들은 이산겸은 바로 유윤중을 찾아갔다.

유윤중의 집에는 식객이 수백 명에 달했다.

모두 유윤중이 돈을 주어 끌어들인 일종의 용병이었다.

이산겸이 돌아왔다는 소식에 유윤중이 먼저 그를 찾아왔다.

"어디서 오는 길이오?"

"선친의 영정(影幀)을 뵙고 오는 길입니다."

"기일도 아닐 터인데 갑자기 선친의 영정은 어이하여?"

"답답한 나머지 선친을 뵈면 뭔가 좋은 생각이 떠오르지 않을까하여 그랬습니다. 꽤 오래 떠나있던 점을 용서하십시오."

유윤중은 손을 저었다.

"아니오. 아니오. 오히려 잘 가신 것 같소."

이산겸은 열려 있는 별채의 문을 닫았다.

그리곤 목소리를 낮춰 유윤중에게 속삭였다.

"선친께서 소자에게 길을 열어주셨습니다."

"돌아가신 분이 어떻게?"

"그게 아니라, 돌아오던 중에 생사고락을 같이 했던 친구를 만났는데 그 친구가 경상사단 군수부대의 책임자였습니다."

유윤중은 바로 관심을 드러냈다.

"그래서 그 친구가?"

"그 친구가 경상사단이 숨겨놓은 무기고와 탄약고의 위치를 알려주었습니다. 만약, 우리가 그 무기고와 탄약고를 습격해 무기를 얻을 수 있다면 등에 날개가 달리는 셈일 겁니다."

유윤중은 의심을 떨치지 못했다.

"그 친구가 그렇게 쉽게 기밀을 가르쳐주었단 말이오?"

"말하지 않았습니까? 그와 나는 의병으로 있을 때 생사고락을 같이 한 친구입니다. 그리고 그 친구 역시 조정의 처사에 불만이 많은 상태였습니다. 자기가 활약한 거에 비해 그에게 돌아온 이득이 아주 적었으니까요. 대대장정도면 모르겠지만 고작 창고지기라니 불만이 많은 모양이었습니다."

유윤중의 의심은 거기서 끝나지 않았다.

"무기고와 탄약고를 습격하면 눈치 채지 않겠소?"

이산겸은 다시 고개를 저었다.

"걱정하실 필요 전혀 없습니다. 그 무고기를 관리하는 사람이 바로 그 친구입니다. 그리고 무기고를 지키는 병력은 그 친구의 수족들이니 사헌부가 감사(監事)를 나오기 전에는 무기고가 비었다는 사실을 감쪽같이 속일 수 있을 겁니다."

유윤중은 기름기가 번들거리는 턱수염을 쓰다듬으며 장고했다.

"으음. 정말 안전한 것이오? 혹, 함정일 가능성은 없는 것이오?"

"믿지 못하겠으면 일단 믿을만한 수하를 보내 확인해보는 게 어떻겠습니까? 그들이 무기와 탄약을 몰래 빼내오는데 성공한다면 다음에도 성공할 수 있다는 말이 아니겠습니까?"

"좋소. 그렇게 합시다. 대신, 이장군이 직접 나서줘야겠소이다."

"바라던 바입니다."

유윤중의 허락을 받은 이산겸을 바로 시행에 나섰다.

경상사단이 관리하던 비밀 무기고와 탄약고에 사람을 파견하여 용아 다섯 정과 탄환 100여 발을 몰래 빼내 가져왔다.

유윤중은 자기 앞에 놓인 용아와 탄환을 보며 크게 기뻐했다.

"정말 가능하군. 용아를 빼내올 수 있다니."

유윤중은 군 출신들에게 용아의 성능에 대해 귀에 딱지가 앉을 만큼 들어왔다. 그러나 용아는 관리가 아주 철저해 빼내오는 일이 쉽지 않았다. 그리고 설령 빼내온다 쳐도 복제가 거의 불가능했다. 지금 조선 최고의 장인들은 대부분 군기시에 들어가 있는데 그들이 아니면 복제할 사람이 없었다. 그렇다고 군기시 장인을 포섭할 방법이 있는 것도 아니었다. 군기시는 관리가 엄격해 접촉마저 힘에 부쳤다.

한데 생각지 못했던 용아를 대량으로 얻을 길이 생긴 것이다.

그러나 한편으론 함정일지 모른다는 생각이 머릿속을 떠나지 않았다. 그는 반란이 실패하면 어떤 결과가 생기는지 알았다. 그야말로 패가망신을 넘어 멸문마저 가능한 것이다.

그런 상황에서는 어떻게든 조심에 조심을 기할 필요가 있었다.

유윤중은 이산겸에게 용아와 탄약을 건넸다.

"사용해본 적이 있소?"

"당연히 있지요."

"그럼 시험발사를 해봐주시오. 조선군이 우리에게 불량품을 건넸을지 모르니 가져온 용아를 모두 시험해봐야겠소. 결정적인 순간에 고장이 나버리면 그야말로 진퇴양난이 아니오."

"좋은 생각입니다."

이산겸은 용아의 약실을 열어 탄환을 장전했다.

그리곤 과녁을 향해 조준한 다음 방아쇠를 당겼다.

탕!

용아의 총구를 떠난 탄환이 과녁으로 곧장 날아갔다.

명중이었다.

이산겸은 몇 발 더 발사한 다음, 용아를 내려놓았다.

"정말 좋은 총입니다."

유윤중 역시 용아의 위력에 감탄한 얼굴로 물었다.

"이걸 얼마나 얻을 수 있을 것 같소?"

"6, 700정은 충분할 것 같습니다."

유윤중은 조금 걱정스런 얼굴로 물었다.

"생각보다 많기는 하지만 그걸로 조정군을 상대할 수 있겠소?"

"가능합니다. 그 6, 700정으로 조정군의 무기고를 점령하면 그 안에 보관하던 무기들은 죄다 우리 차지 아니겠습니까?"

"음, 그렇기야 하겠군."

"이걸로 병사들을 무장시키십시오."

"고맙소. 내 이 은혜는 잊지 않으리다."

"은혜라니요. 다 같이 좋자고 하는 일입니다."

이산겸의 말에 유윤중이 대소를 터트렸다.

"하하, 내가 실수했군. 그대의 말이 모두 맞소."

이산겸은 약속한대로 용아 700정과 탄약 수만 발을 가져왔다.

그리고 유윤중은 이를 산에 있는 훈련장에 보내 병력을 무장시켰다. 탄약의 여유가 많지 않아 충분히 훈련하지는 못했지만 어쨌든 훈련을 통해 용아가 점차 손에 익기 시작했다.

때가 왔음을 직감한 유윤중은 바로 거사날짜를 정해 통보했다.

거사는 간단했다.

한강 이남에 있는 반란군 수만 명이 일제히 봉기해 먼저 근처에 있는 군 기지를 습격하는 게 첫 번째였다. 그리고 군 기지에 있는 무기를 입수하는 게 두 번째였다. 마지막 세 번째는 입수한 무기로 관청을 차례차례 접수하는 거였다.

중앙군이 진압하러 내려오기 전에 최대한 빨리, 그리고 최대한 많은 관청을 손에 넣는 게 그들이 세운 주요 목표였다.

  10

그리고 중앙군이 내려오면 경상도, 혹은 전라도 경계를 막고 저항하다가 그들이 백제와 신라의 후예임을 강조하며 나라를 다시 개국하는 게 그들이 세운 계획의 최종 그림이었다.

이산겸은 한밤중에 처소를 빠져나와 주위를 둘러보았다.

거사일이 다가와서인지 모두 신경이 잔뜩 곤두서있었다.

이산겸은 산보를 나온 사람처럼 뒷마당을 한동안 서성였다.

빠져나갈 곳은 없었다.

유윤중의 저택에 반란군 병력이 지천으로 깔려 있어 그들 눈을 피해 잠시 나갔다 오는 것은 불가능에 가까운 일이었다.

그러나 시도는 해야 했다.

거사일이 잡혔다는 중요한 정보를 반드시 허균에게 줘야했다.

이산겸은 저택을 감시하는 반란군 병사들을 격려하는 척하며 그들에게 걸어가 몇 마디 훈시를 하였다. 그리곤 일일이 손을 맞잡아주었는데 그 중 한 명의 눈빛이 반짝거렸다.

다른 사람들은 눈치 채지 못할 만큼 미세한 각도로 고개를 끄덕인 이산겸은 이내 돌아섰다. 그리곤 처소로 돌아갔다.

한편, 이산겸과 눈빛을 나눈 그 반란군 병사는 동료들의 시선이 다른 곳에 향해 있는 것을 틈타 손에 쥔 무언가를 담장 밖으로 던졌다. 그리고 담장 밖에 위치한 미루나무에 숨어있던 국정원 요원은 그걸 냉큼 집어 모습을 감췄다. 그렇게 하여 반란군의 거사일이 국정원 수뇌부의 귀에 들어갔다.

허균은 지부 분석가가 해독한 암호를 읽어보았다.

"앞으로 보름 후 자정에 동시에 봉기할 생각이군. 처음은 군사기지인가? 그리고 그 다음은 관아 순이군. 꽤 그럴 듯해."

지부장이 물었다.

"본원(本院)에 연락해야하지 않겠습니까?"

"지부장 말대로 우선 본원에 알려야겠소. 물론, 도중에 탈취당할 것에 대비해 암호로 적는 것을 잊어선 안 될 것이오."

"여부가 있겠습니까."

"그리고 당장 지부에 나와 있는 도원수부 연락관을 불러주시오."

"예."

지부장은 나가면서 연락관을 들여보냈다.

허균은 연락관에게 반란군의 정보를 통보했다.

그리고 도원수의 지원을 부탁했다.

도원수부가 연락관을 보낸 이유가 이런 일을 위해서였던지라, 연락관은 고개를 끄덕이며 도원수부에 이를 알렸다. 그리고 그와 동시에 지방에 있는 사단에 경계경보를 내렸다.

사실 보름이란 시간은 빠듯한 시간이었다.

현대였다면 보안 검사한 전화 한 통, 암호화한 메일 하나면 통신이 가능했지만 지금은 수백 리 길을 말로 달려야 했다.

말에 날개가 달리지 않는 이상, 보름은 편도만 가능한 거리였다. 그 얘기는 도원수부나, 국정원 본원의 명을 지방에 있는 군사가지나, 국정원 지부가 받았을 때는 이미 반란군이 봉기를 끝냈을 시점이이였다. 하여 이혼은 미리 허균과 지방에 있는 사단의 사단장들에게 지휘권을 준 상태였다.

도원수부와 국정원에 정보를 전달한 허균은 이번 반란을 처리하기 위해 몰래 내려와 있던 근위사단장 권응수를 찾았다.

허균은 먼저 이산겸이 전한 정보를 권응수에게 전했다.

말없이 듣던 권응수가 고개를 끄덕였다.

"내가 도성을 출발하기 전에 도원수대감을 만나 작전에 관해 논의를 하였는데 반란군의 주력이 있는 소백산과 주왕산 두 곳은 우리 근위사단 3연대와 5연대가 맡기로 하였소.

그 외 나머지 지역은 그 지역을 수비하는 사단이 맡을 것이
오."

"알겠습니다. 그럼."

허균의 말에 권응수가 일어나 손을 내밀었다.

"그럼 나중에 보도록 합시다."

"예, 그때는 제가 술을 한잔 사겠습니다."

허균과 작별한 권응수는 3연대와 함께 소백산으로 출발
했다. 그리고 5연대는 주왕산으로 올라갔다. 그러나 훈련
하듯 행군할 수는 없는 노릇이었다. 반란군 역시 눈과 귀
가 있을 테니 3연대와 5연대를 발견하는 즉시 봉기를 포기
할 것이다. 그리고 그와 동시에 깊은 산에 숨어 유격전을
감행할 텐데 이는 장기적인 내전 양상으로 흐를 가능성이
있었다.

근위사단 병사들은 적으면 세 명, 많으면 열 명씩 뭉쳐
다녔는데 이혼의 경제정책으로 인해 급속히 늘어난 보부
상들처럼 당나귀에 짐을 실어 목적한 곳으로 이동하기 시
작했다.

그러나 소백산으로 바로 이동하지는 않았다.

겉모습을 보부상으로 꾸몄다한들, 건장한 사내 수백 명
이 좁은 장소에 모여 있으면 반란군이 눈치 챌 가능성이
있었다.

그래서 소백산과 떨어진 장소에 분대, 소대규모로 따로

집결해 있다가 야음을 틈타 은밀히 반란군 기지로 접근해 갔다.

그리고 이동한 후에는 땅굴을 판 다음, 그 안에서 취식을 해결했다. 빛과 냄새를 없앨 목적이었다. 반란군은 제법 군대 흉내를 내며 주둔지 외곽을 정찰했지만 숨어있는 3연대를 전혀 발견하지 못했다. 그리고 마침내 결전의 날이 밝았다.

동굴에 사단본부를 차린 권응수는 3연대장 정문부를 불렀다.

"국정원이 정보를 주었소?"

"예, 장군. 정보원에 따르면 반란군의 수뇌부로 알려진 유윤중이란 자가 3일 전 이곳 반란군 산채에 도착했다고 합니다."

"그럼 오늘 자정에 시작하겠군."

권응수의 말에 정문부 역시 고개를 끄덕였다.

"같은 생각입니다. 날이 좋으니 오늘 하려들 게 분명합니다."

"병사들의 배치는 어떻소?"

"소백산기지를 중심으로 10여 리 안에 집결해있습니다."

권응수가 반란군 산채가 있는 봉우리를 손가락으로 가리켰다.

"얼마나 걸릴 것 같소? 산채 주위에 우리 병력을 배치하는데?"

정문부는 지체 없이 대답했다.

"완벽히 포위하는데 1시간이면 충분합니다.

만족한 얼굴로 고개를 끄덕이던 권응수가 물었다.

"지금은 휴식 중이오?"

"예, 장군. 야간작전을 위해 낮에는 땅굴에서 휴식 중입니다."

"좋소."

간의 의자 뒤로 몸을 젖힌 권응수는 때가 오기를 기다렸다.

겨울을 앞두어서 그런지 날은 금세 저물었다.

동굴 안으로 들어오던 햇살이 순식간에 자취를 감추어 버렸다.

등화관제를 실시하느라, 동굴 안은 칠흑처럼 어두웠는데 사단본부에 있는 참모들과 전령들이 만드는 열기에 후끈거렸다.

가을이 아니라, 초여름 같았다.

커다란 모래시계를 바라보던 권응수가 일어났다.

앉아있던 참모와 전령들 역시 바로 일어섰다.

권응수가 고개를 끄덕였다.

"작전을 시작하라!"

권응수의 명에 대기하던 전령들이 밖으로 뛰어나갔다.

그리곤 각자 명을 전해야하는 부대를 향해 전속력으로 달렸다.

한편, 병사들과 같이 대기하던 정문부는 권응수의 명을 듣는 즉시, 소대별로 흩어져있던 3연대를 산채 주위로 모았다.

정문부가 장담한 대로였다.

산봉우리 주위에 흩어져있던 3연대는 1시간 만에 집결을 완료했다. 지형이 거친 산 속, 그리고 조명이 거의 없는 상황에서 완벽한 작전을 수행한 셈이니 그 동안의 훈련이 헛되지 않은 셈이었다. 근위사단은 물론이거니와 지방에 있는 사단들 역시 정유재란이 끝난 후에 한 차례 재편을 거쳤다.

전역을 원하는 자는 전역을 시켜주었다. 그리고 군에 남길 원하는 자는 남아 새로 들어온 신병을 교육하도록 하였다. 전쟁은 끝났지만 유사시를 대비한 훈련은 계속 해온 것이다.

정유재란으로부터 3년이 지난 지금은 신병이 어느 정도 궤도에 올라 조선군은 질, 양 양쪽에서 충분한 성과를 얻었다.

정문부는 반란군이 있는 봉우리 남쪽에 1대대, 동쪽에 2대대, 북쪽 절벽에 3대대, 서쪽 계곡사이에 5대대를 배치했다.

절벽이나, 계곡에 대대를 배치한 이유는 완벽을 기하기 위해서였다. 그쪽으로 내려올 가능성은 없지만 절대 없는 것은 아니었다. 무슨 일이 벌어질지 몰라 병력을 배치해두었다.

정문부는 풀숲에 숨어 하늘을 보았다.

휘황찬란한 보름달이 조용한 소백산자락을 포근히 감싸 안았다. 물론, 그 보름달은 소백산을 비추는 동안, 그 산 안에 반란의 기운이 싹트고 있었다는 사실을 모를 테지만 말이다.

보부상차림을 벗어던진 정문부는 산을 올라오느라 거칠어진 숨을 가라앉히기 위해 최선을 다했다. 임진왜란이 벌써 8년 전 일이었다. 그 말은 그의 나이도 여덟 살이 더 많아졌다는 말이었다. 이젠 예전 같은 체력을 기대하긴 어려웠다.

군수품은 계속 발전을 거듭했다.

이혼은 이장손이 지휘하는 군기시에 지원을 아끼지 않아 철모와 위장무늬군복, 탄띠, 탄입대, 수통 등은 계속 발전했다.

그러나 아무리 좋은 군복도 가을철 산 속의 차가운 냉기를 막아주긴 어려웠다. 군기시가 겨울용 야전상의와 두꺼운 내의를 만들어 보급해주긴 했지만 아직 입을 때가 아니었다.

정문부는 몸이 굳지 않게 팔다리를 천천히 움직이며 기다렸다.

그의 예상으로 자정이 막 지난 시각이었다.

쿵!

육중한 나무문의 걸쇠가 열리는 소리가 들렸다.

정문부는 직감적으로 시작했음을 느꼈다.

그리곤 숨을 멈춘 채 반란군 산채 남쪽을 주시했다.

풀과 나뭇가지로 가려져있던 산채 남쪽 정문이 천천히 열렸다.

그리고 어둠 속에서 말을 탄 기병 수십 명이 먼저 달려나왔다. 그리고 그 뒤를 1천여 명으로 보이는 보병대가 따라왔다.

보병 중 일부는 이산겸이 넘긴 용아로 무장했다.

정문부는 고개를 살짝 저었다.

국정원이 제대로 하지 않았으면 피해는 3연대가 보는 것이다.

"그래도 믿어봐야겠지. 일을 허투루 하는 친구들은 아니니까."

정문부는 부하들이 보기 쉽게 팔을 올렸다. 그리고 흔들었다.

그 순간.

"가자!"

1대대장이 벌떡 일어나 앞으로 달리기 시작했다.

그리고 그 뒤를 1대대 병사 500여 명이 따라갔다.

달빛이 밝은 덕분에 1대대와 반란군은 서로를 바로 알아봤다.

1대대장이 길 옆에 있는 나무 뒤로 들어가 소리쳤다.

"엄폐, 은폐하라!"

그 즉시, 병사들은 길목을 틀어막으며 엄폐, 은폐에 나섰다.

반란군 기병을 지휘하던 자가 물러서며 뭐라 소리를 질렀다. 잠시 후, 뒤에 있던 반란군 보병이 앞으로 나와 자세를 잡았다. 그들이 든 용아의 모습이 달빛을 통해 똑똑히 드러났다. 호두나무로 만든 개머리판과 쇠로 만든 총신이 보였다.

1대대장은 급히 엎드려 소리쳤다.

"적이 사격한다!"

그 순간, 탕탕하는 총성이 밤의 정적을 산산이 깨트렸다.

이미 잠이 깬 짐승들은 총성을 피해 사방으로 피난을 떠났다.

잠시 이어지던 사격은 이내 갑자기 멈춰버렸다.

1대대장 옆으로 다가온 정문부가 물었다.

"상황이 어떤가?"

"놈들이 갑자기 사격을 멈췄습니다."

"국정원의 작품이다! 이제 공격을 시작해라!"

"예!"

정문부의 허락을 받은 1대대장은 앞으로 나와 다시 달려갔다.

"돌격하라!"

병사들은 장전한 용아로 반란군 보병대를 향해 발사했다. 한편, 사격하던 반란군 보병대는 예상치 못한 문제에 부딪쳐 당황하는 중이었다. 잘 작동하던 용아가 갑자기 멈춰버린 것이다. 처음엔 총에 문제가 있는 줄 알았는데 아니었다.

문제가 있는 것은 탄약이었다.

탄약 대부분이 불량이어서 불발이 계속 이어졌다.

기병대를 지휘하던 유윤중은 아차 싶어 고개를 돌렸다.

그러나 이산겸은 보이지 않았다.

방금 전까지 같이 있던 자가 눈 깜짝할 사이에 사라진 것이다.

이산겸은 친구가 경상사단의 군수과장이라며 용아와 탄약을 가져왔다. 의심이 많은 유윤중은 당연히 이를 시험해 보았다.

조선군이 이산겸에게 불량품을 주어 그를 함정에 빠트릴지 모른다는 생각을 했던 것이다. 그리고 어느 정도는 맞았다.

시험발사를 통해 아무 이상이 없다는 것을 확인한 유윤중은 이를 부하에게 주어 훈련을 시켰다. 훈련 역시 잘 이루어졌다. 그제야 유윤중은 이산겸이 준 용아와 탄약을 믿었다.

한데 결정적인 순간에 불발이 생겨버렸다.

이산겸은 탄약을 탄입대에 넣어 가져왔는데 위에 있는 탄약은 괜찮았지만 밑의 탄약은 화약을 넣지 않은 불량품이었다.

반란군 병사들은 훈련하느라 위에 있는 탄약을 거의 다 소비한 다음, 실전에 들어와서는 밑에 있는 탄약을 사용하다가 쓴 맛을 본 것이다. 용아를 너무 믿은 나머지 반란군의 무장은 형편없었다. 1대대가 남쪽에 나타나 사격을 개시하는 순간, 저항을 포기한 반란군은 산채로 다시 뛰어갔다. 산채 안에 들어가 마지막까지 저항을 해볼 심산인 것이다.

정문부는 급히 동쪽으로 고개를 돌렸다.

그들이 국정원의 정보원을 통해 산채의 위치를 확인했음에도 습격하지 않은 것은 그들을 밖으로 끌어내기 위해서였다.

한데 반란군이 다시 산채 안으로 들어가 버리면 헛수고를 하는 셈이었다. 정문부는 동쪽에 매복해 있는 2대대를 찾았다.

잠시 후, 정문부의 기대에 부응하기라도 하듯 동쪽에 있는 2대대가 때마침 나타나 산채 앞을 단숨에 막아버렸다. 앞뒤가 막힌 반란군은 몰이꾼을 피해 도망치는 노루처럼 서쪽 계곡으로 달려갔다. 그러나 서쪽 계곡에는 5대대가 있었다.

5대대가 달려오는 모습을 본 유윤중은 탄식을 길게 토했다.

그리곤 칼을 뽑아 자신의 목을 베었다.

허공으로 퍼지는 비보라가 달빛을 밝아 처량한 빛을 발했다.

유윤중이 자결하는 순간, 전투는 끝났다.

이미 전세가 기울어 뒤집을 수 없다는 것을 모두 알아버렸다.

소백산의 반란은 허무할 정도로 빨리 끝났다.

권응수는 직접 내려와 반란군을 체포하는 한편, 반란군이 가진 용아를 모두 회수했다. 탄약에 문제가 있었지, 용아에는 문제가 없었다. 용아가 시중이나, 외국에 넘어가지 않도록 하기 위해 모든 용아를 회수해 다시 무기고에 집어넣었다.

물론, 국정원의 정보에 따르면 정유재란에 쳐들어왔다가 살아 돌아간 유일한 인물, 다테 마사무네가 용아와 탄약을 입수해 돌아가 현재 복제를 연구하는 중이라 했지만 그건 그거고 이건 이거였다. 어쨌든 기술 우위는 반드시 유지해야했다.

3연대가 소백산 반란군을 처리하는 사이.

주왕산으로 간 5연대 역시 반란군을 일거에 쓰러트렸다. 이곳 소백산과 달리 꽤 큰 전투가 있었던 모양이지만 5연대 역시 국정원의 도움으로 큰 피해 없이 마무리 지을 수 있었다.

그와 동시에 팔도에 있는 지방사단들이 일제히 공격을 가해 유윤중이 주도하던 삼남의 반란은 불이 붙기 전에 꺼졌다.

반란을 제압한 이혼은 양전, 세금개혁 등에 박차를 가했다. 이젠 저항하는 세력이 남아있지 않아 빠른 속도를 보였다.

1601년, 이혼은 경사를 하나 더 맞았다.

아내 미향이 둘째 아들을 낳은 것이다.

첫째 윤에 이어 아들을 또 낳았으니 왕실과 나라의 경사였다.

이혼은 둘째 아들의 이름을 정(情)이라 지었다.

백성들을 사랑하는 착한 마음을 가지라는 의미였다.

이혼이 둘째를 보기 무섭게 대신들은 바로 중전책봉과 원자책봉을 건의해왔다. 그 동안, 대신들은 여러 경로를 통해 중전을 새로 맞아들일 것을 권했으나 이혼은 따르지 않았다.

결국, 백기를 든 대신들은 유성룡을 앞세워 미향의 중전책봉과 윤의 원자책봉을 건의했다. 이혼은 당연히 그 청을 따랐다.

중전과 원자를 책봉하던 날, 미향은 눈물을 흘렸다.

그러나 기쁨의 눈물이었다.

그녀에게 이런 날이 올 줄은 전혀 상상하지 못했던 것이다.

임진왜란 와중에 부모를 잃고 어린 동생을 먹여 살리기 위해 구걸하던 그녀가 이제는 조선의 당당한 국모가 된 것이다.

중전책봉과 원자책봉을 마친 이혼은 한숨을 쉬었다.

이젠 국내 일은 어느 정도 마무리가 끝난 상황이었다.

원자를 책봉해 국본을 든든히 했다.

그리고 시전을 혁파해 상업을 진흥했으며 신분제와 세금제도 등을 개혁해 발전할 수 있는 기본적인 동력을 만들었다.

설령, 그가 어떻게 되더라도 이젠 괜찮을 것 같았다.

이혼은 일전에 권율과 이순신은 은밀히 불러 언질한 대로 왜국 정벌을 공식적으로 천명했다. 조선은 두 차례 치른 왜란을 방어하는데서 끝났다. 그 방어가 훌륭했다고 해도 결국 전쟁을 일으킨 죄인들은 왜국에 그대로 남아있는 것이다.

비록 도요토미 히데요시는 그 사이 죽고 없었지만 죄를 묻지 않으면 왜국은 언젠가 또 이런 짓을 반복할 가능성이 있었다.

실제로 300년 뒤 왜국은 조선을 다시 한 번 침탈했다.

이혼은 그렇게 만들 수 없었다.

침략한 대가는 반드시 돌려받는다는 생각을 왜국의 통치자들에게 주입시켜야 했다. 그리고 그들이 믿는 바다가 더 이상 그들을 안전하게 지켜주지 못한다는 것을 알려 줘야 했다.

이혼은 군에 왜국 정벌을 준비하라 명했다.

이젠 조선이 먼저 반격할 차례였다.

〈11권에서 계속〉